안개요괴

교과연계
국어 4학년 1학기 10단원 인물이 마음을 알아봐요
국어 5학년 1학기 10단원 주인공이 되어
국어 6학년 2학기 8단원 작품으로 경험하기
도덕 3학년 6단원 생명을 존중하는 우리
도덕 4학년 5단원 하나 되는 우리
도덕 5학년 6단원 인권을 존중하며 함께 사는 우리

청소년 권장 도서 시리즈 8

안개요괴

2023년 1월 12일 초판 1쇄

글 최미정   그림 김정민
펴낸이 김숙분   디자인 김은혜·김바라   영업·마케팅 최태수   홍보·마케팅 어린이콘텐츠미디어
펴낸 곳 ㈜도서출판 가문비   출판등록 제 300-2005-60호
주소 (06732) 서울 서초구 서운로 19, 1711호(서초동, 서초월드오피스텔)
전화 02)587-4244~5   팩스 02)587-4246   이메일 gamoonbee21@naver.com
홈페이지 www.gamoonbee.com   블로그 blog.naver.com/gamoonbee21/
제조국 대한민국   사용 연령 10세 이상
주의 사항 종이에 베이거나 긁히지 않게 조심하세요.

ISBN 978-89-6902-536-4 43810

ⓒ 2023 최미정

안개요괴

최미정 글 김정민 그림

가문비
틴틴북스

상상 속에서나 일어날 법한 일이 실제로 일어난다면 어떤 기분일까요? 상상은 내가 힘들고 지쳤을 때 문제를 다른 각도로 바라볼 수 있게 하는 에너지를 준답니다.

주인공 해주는 힘든 현실 세계를 떠나 새 세상을 만나게 됩니다. 그곳에서 평소 가지지 못했던 용기라는 감정을 접하게 되지요. 우리 마음속에는 용기라는 감정이 숨어 있는데 그것을 발현해 내기가 쉽지 않아서 포기하고 돌아 설 때가 많아요.

행동하지 않으면 얻을 수 있는 것이 적어서 우리는 용기를 내야 할 일들이 넘쳐나는데 말이지요. 그때 필요한 것이 상상력인 것 같아요. 용기를 내지 못해서 경험하지 못한 일들을 미리 상상해 보는 것입니다. 그것은 곧 간접 경험이 되고 도전해 볼 마음이 생기니까요. 또 힘든 상황이 닥쳤을 때 기분 좋은 상상을 하다 보면 저절로 기분이 맑아

지면서 내 몸에 힘이 생기기도 하니까 그 어떤 좋은 약 보다도 도움이 되겠지요.

해주 할아버지는 큰 뜻을 가진 분이었어요. 같은 세상을 살아도 나라를 위해 큰 뜻을 품은 분이 있었기에 우리가 지금 숨 쉬는 이곳이 더 아름답고 여유롭지 않을까요.

이 책은 큰 뜻을 품고 나라를 먼저 생각했던 할아버지와 상상 속 세상에서 용기를 얻을 수 있었던 해주를 통해 큰마음을 품어보라고 말해 주고 싶어서 만든 책이에요.

나는 무엇이든 될 수 있어요. 그 믿음을 놓지 않고 미래 나의 모습을 상상해 보세요. 내 속에 숨어 있는 풍부한 에너지를 만날 수 있을 거예요.

1. 사당채¹⁾의 비밀

어둠에 익숙해지자 적갈색 줄무늬가 선명한 호랑이가 나타났다. 호랑이는 날카로운 송곳니를 드러내며 주위를 서성거렸다. 해주는 온몸에 소름이 쭉 돋았다.

"왜 내 옆에 있는 거야?"

해주 말에 덤벼들 것 같았던 호랑이가 뒤로 물러났다. 마치 해주 말을 알아듣기라도 한 것처럼.

눈을 떴을 때, 꿈이 너무 생생해서 어딘가에서 호랑이가 노려보고 있을 것만 같았다.

해주는 방문을 열고 밖으로 나갔다. 맑은 공기를 마시면 두려움을

---

1) 사당채: 조상의 신주를 모셔놓은 집채.

떨쳐낼 수 있을 것 같았다.

희미하게 날이 밝아오고 있었다. 찬바람이 해주의 머리칼을 차갑게 훑고 지나갔다. 화단의 화초들은 찬바람에 모두 말라 죽었다. 따뜻한 날, 할아버지와 해주가 정성을 다해 키운 화초들이었다. 수선화, 데이지, 분홍 접시꽃들이 피어 있었다.

"화초에도 마음이 있어. 자기를 싫어하는지, 좋아하는지 귀신같이 알거든."

할아버지가 꽃잎에 묻은 흙을 털어내며 말했다. 화초를 만지는 할아버지의 손길은 마치 어린아이를 다루듯이 부드러웠다. 해주도 할아버지를 닮아 화초 가꾸는 것을 좋아했다. 꽃을 보려면 우선 언 땅이 녹아야 하니 끈기 있게 기다려야 했다. 겨울은 춥고 또 길었다.

사당채에서 향냄새가 바람을 타고 코끝에 와 머물렀다. 꼭두새벽부터 할아버지가 화로에 향을 피워 올렸다. 할아버지는 하루도 빠지지 않고 사당채에 향을 피웠다.

"요즘 세상에 누가 매일 향을 피워? 네 할아버지는 정말 못 말린다니까."

안채 어머니가 잔뜩 찡그린 얼굴로 마당을 걸어 나오며 말했다. 안채 어머니는 향냄새가 싫어서 코를 막고 있었다. 눈이 빨갛게 충혈된

것으로 보아 아버지를 기다리느라 밤을 샌 모양이었다.

해주의 친어머니는 해주를 낳다가 돌아가셨다. 그 후 아버지는 집을 떠나 밖으로 돌았다. 그러다가 할아버지의 성화에 못 이겨 올여름 새장가를 들었다.

얼굴도 모르는 어머니 대신 안채를 차지한 안채 어머니는 키가 크고 마른 체형이었다. 작은 얼굴은 하얗게 분을 발라 화사했고, 조그마한 입술은 언제나 붉었다. 아버지는 새어머니를 부를 때 '안채'라는 말을 빼라고 했지만, 그때마다 해주는 입을 삐죽 내밀었다.

"해주가 하고 싶은 대로 하게 그냥 놔둬라."

그래도 할아버지가 편을 들어주어서 해주는 새어머니를 마음 편하게 안채 어머니라고 부를 수 있었다.

"너, 나를 어머니라고 안 불러도 좋아. 그래도 내가 이 집의 안주인이니까 건방지게 굴면 혼날 줄 알아."

안채 어머니는 짐을 풀자마자 해주의 어깨를 단단히 부여잡고 그렇게 말했다.

"노력해 볼게요. 안채 어머니도 행동거지 똑바로 해야 할 거예요. 우리 할아버지는 화나면 호랑이보다 무섭거든요. 아버지도 벌벌 떨만큼…… ."

안채 어머니가 '요것 봐라' 하는 표정으로 해주를 날카롭게 쏘아보

았다. 해주도 지지 않고 눈동자에 잔뜩 힘을 실어서 노려보았다. 그 모습을 집 안을 분주히 오가는 행랑어멈들과 머슴들이 지켜보고 있었다. 이렇게 큰 집에서 하인들을 부리려면 강한 뭔가를 보여주어야 한다는 것쯤은 해주도 알고 있었다.

대문 밖에는 옆구리에 칼을 찬 일본군들이 줄을 지어 다녔다. 사무라이[2] 옷을 입은 깡패들이 시장 사람들을 괴롭힌다는 이야기도 들렸다.

새 세상이 열렸다며 노비 문서를 불태우고 도망가는 하인도 있었다. 해주가 들은 이야기는 그뿐이지만, 할아버지는 그 이상을 들은 듯했다.

"나쁜 놈들, 이 나라를 거저먹으려고? 우리가 그렇게 호락호락 당할 줄 아느냐!"

그런데 아버지가 할아버지의 심기를 불편하게 만드는 말을 했다. 신식 음악 공부를 하겠다며 미국이라는 먼 나라로 가겠다고 한 것이다. 아버지가 할아버지랑 티격태격 말다툼을 벌였다.

"아버지! 저는 떠날 거예요. 석철이 때문에 우리 집이 표적이 된 걸

---

2) 사무라이: 일본의 무사 계급.

모르세요? 아버지도 제발 그만하세요. 이러다 우리 집 망해요. 아버지가 좋아하는 조상님께 향도 못 피우게 된다고요."

할아버지가 버럭 역정을 냈다.

"이런 칠칠치 못한 놈 같으니!"

밖에서 듣고 있던 안채 어머니의 얼굴이 빨갛게 달아올랐다.

아버지가 떠나는 날, 마당 한쪽에 맥없이 서 있는 해주에게 말했다.

"미안하구나. 내가 미국 가서 자리 잡으면 너를 꼭 데리러 오마."

늘 바깥으로만 돌던 아버지여서 해주는 추억이 많지 않았다. 아버지는 안채 어머니를 돌아보았다.

"당신한테도 할 말이 없구려. 우리는 만나지 말아야 할 사람들이었소. 당신 살 길을 찾으시오."

안채 어머니가 잔뜩 골난 얼굴로 쏘아붙였다.

"내가 순순히 이 집을 나갈 것 같아요? 이런 무정한 사람 같으니."

아버지는 아무 대꾸도 안 하고 인력거에 올랐다.

그 모습을 망연자실 지켜보던 안채 어머니의 눈가에 또르르 눈물이 굴러 떨어졌다. 그 순간만큼은 해주도 안채 어머니가 불쌍하다는 생각이 들었다.

담장 앞에 있는 두 그루의 배롱나무에서 잎이 바람에 흩날렸다. 아버지가 탄 인력거는 배롱나무 잎을 짓밟고 결국 집을 떠났다.

아버지보다 두 살 적은 석철 삼촌은 시간을 쪼개며 빈틈없이 사는 사람이었다. 해주는 삼촌이 어디에 가고, 무슨 일을 하는지 늘 궁금했다.

삼촌을 대하는 할아버지의 눈빛은 사뭇 달랐다. 삼촌은 아버지와 다르게 할아버지가 좋아하는 일을 하고 있는 듯했다.

삼촌은 가끔 해주와도 시간을 보냈다. 목말을 태워서 우물가를 빙글빙글 돌기도 하고, 주머니에서 서양과자를 꺼내 해주 입에 넣어 주기도 했다. 해주는 무심한 아버지보다 석철 삼촌이 더 좋았다.

"우리 해주도 나라를 위해 뜻있는 일을 할 수 있을 거야. 그럴 수 있지?"

"응."

해주는 그 말이 무슨 뜻인지도 모르면서 고개를 끄덕였다. 삼촌 말은 모두 옳게만 여겨졌다.

아버지가 떠나기 한 달 전쯤, 어느 늦은 밤이었다. 헐레벌떡 대문을 열고 달려 들어오던 석철 삼촌과 마주쳤었다. 삼촌은 어깨에 총을 메고 있었다. 삼촌이 붉게 상기된 얼굴로 할아버지 방으로 들어갔을 때, 집안에 암울한 어떤 것이 닥칠지 모른다는 예감이 들었다.

할아버지와 이야기를 마치고 나와서 머리를 쓸어 주었을 때, 해주

는 삼촌 얼굴에 묻은 진흙을 떼어 주려고 했다. 그러나 삼촌은 쫓기는
사람처럼 황급히 발길을 돌렸다. 삼촌은 그 길로 집을 나가 돌아오지
않았다.

"야! 너 삼촌 기다리니?"

보름달이 반쯤 기울던 어느 날, 대청마루에 걸터앉아서 별을 세고
있는 해주에게 안채 어머니가 앵두를 물은 것 마냥 입술을 빨갛게 칠
하고서 얼굴을 갖다 댔다.

술 냄새가 해주의 코끝에 확 끼쳤다.

"네 삼촌은 감옥에 끌려갔어. 지금쯤 죽었을지도 몰라. 이게 다 네
할아버지 때문이야."

안채 어머니는 홍! 코웃음을 치더니 돌아서 가 버렸다.

그 후, 안채 어머니는 집을 비우는 날이 많았다. 어떤 날은 큰 가방
을 들고 나가다가 해주와 마주친 적도 있었다.

"친정에 가는 거야."

할아버지는 피곤해하면서도 밤이고 새벽이고 사당채에 가곤 했다.
해주는 석철 삼촌이 걱정되어서 기도를 드리는 줄 알았다.

그러던 어느 날, 안채 어머니가 해주 옷자락을 잡고 늘어졌다.

"그동안 쌓은 정이 있어서 말해 주는 건데. 너도 살고 싶으면 네 할아버지한테 재산 좀 떼어 달라고 해서 떠나라. 같이 있다가는 네 할아버지도 죽고 너도 죽어. 나는 떠날 거거든.

안채 어머니 말대로라면 할아버지는 뭔가 아주 위험한 일을 하고 있는 게 틀림없었다.

해주는 밤에 몰래 뒤를 밟았다가 할아버지와 청지기[3] 아저씨가 사당채에서 그림을 그리는 것을 보았다. 청지기 아저씨는 할아버지의 믿음을 한 몸에 받고 있는 사람으로 이름은 '담로'였다.

해주가 사당채 문을 살짝 열고 몰래 엿보는데, 담로 아저씨가 들어오라며 눈짓을 했다. 여자에게는 사당채 출입이 금지되어 있었으므로, 해주는 한 번도 들어가 본 적이 없었다. 그런데 할아버지가 해주를 들인 것이었다.

향탁 위에는 향 연기가 피어오르고 있었고 단 위에는 서쪽부터 고조, 증조할아버지 순서로 조상님의 위폐가 모셔져 있었다. 직화로의 숯덩이에 빨갛게 불이 올라 있어서 사당채 안은 따뜻했다.

그 후로 해주도 할아버지와 담로 아저씨를 도와서 그림을 그렸다.

---

3) 청지기: 양반집에서 잡일을 맡아보거나 시중을 들던 사람.

해주가 먹을 갈아 모서리에 하늘과 땅, 물과 불을 상징하는 4개의 괘를 그려 넣으면 가운데 빨간색과 파란색 태극문양은 할아버지와 담로 아저씨가 맡아서 그렸다.

할아버지는 그림을 태극기라고 불렀다. 곧 있을 만세운동에 쓰일 귀중한 보물이니 정성을 다해야 한다고 말했다.

하지만 해주는 안채 어머니가 할아버지와 함께 있으면 모두 죽을 수도 있다고 한 것이 머릿속에서 어지럽게 맴돌았다. 만세운동을 하면 일본군한테 잡혀가서 석철 삼촌처럼 감옥에 가거나 고문을 당할 것이라고 했다. 하지만 해주는 감히 할아버지에게 물어볼 엄두가 나지 않았다.

부드러운 햇살이 비치는 오후, 누마루⁴⁾ 문을 걷어 올리는 할아버지한테 해주가 용기를 내어 물었다.

"할아버지가 하시는 일, 위험하지 않나요? 잡혀갈 수 있다고 안채 어머니가 말했어요."

해주의 말을 듣는 순간, 할아버지의 눈가가 일그러졌다.

"할아버지, 왜 위험한 그림을 그려요? 그냥 편하게 살면 안 돼요?"

"태극기는 그림이 아니라 정신이다. 정신이 없으면 우리는 아무것도 아니야."

"하지만 들킬까 봐 무서워요."

"해주야. 반드시 용기를 가져야 할 때가 있단다."

"용기요?"

---

4) 누마루: 다락처럼 높게 만든 마루.

"그래, 용기는 무언가를 지키고 싶을 때 생긴단다."

"할아버지는 무엇을 지키고 싶은데요?"

할아버지가 해주와 눈을 맞추더니 천천히 어깨를 다독였다.

"할아버지는 네가 만날 세상을 지키고 싶어서 용기를 낸단다."

해주는 할아버지의 말을 곱씹어 보았지만, 아리송하기만 했다.

동네 사방 논밭이 할아버지의 땅이었다. 그런데 할아버지가 하나둘 팔아서 독립군5) 군자금6)으로 보낸다는 소문이 돌았다. 그래서인지 집을 염탐하려는 일본군 순사들이 자주 눈에 띄었다.

마을 형편이 일본인 등쌀에 갈수록 흉흉해졌다. 소작농들이 쌀가마를 지고 대문을 들어서면, 일본인 깡패들이 귀신같이 알고 쫓아와 온갖 이유를 갖다 붙이고는 반을 떼어갔다.

안채 어머니는 값나가는 패물은 물론, 곳간에 있는 곡식까지 빼돌려서 결국 집을 나갔다. 안채 어머니가 도망가던 날, 하인들도 사라졌다. 그들 역시 안채 어머니의 사주를 받고 재산을 빼돌려 도망친 것이었다.

큰 집에 할아버지와 해주, 담로 아저씨만 남았다. 집 안이 텅 비어 쓸쓸했지만, 할아버지와 담로 아저씨의 태극기 그리는 일은 멈추지

---

5) 독립군: 일제강점기 시대에 항일무장투쟁을 벌이기 위해 조직되어 활동한 군대.
6) 군자금: 군사상 필요한 모든 자금.

않았다. 향탁 아래 바닥을 들어 올리면, 상자를 넣을 수 있는 넓은 공간이 있다. 그곳은 눈속임하기에 안성맞춤인 공간이었다. 두꺼운 네모상자에 태극기가 차곡차곡 쌓여갔다.

"어르신! 만세운동 일자가 정해졌습니다."

담로 아저씨가 사당채로 들어오더니 긴장한 얼굴로 속삭였다.

"그런데 놈들이 냄새를 맡은 것 같아, 그것이 걱정이네."

할아버지가 해주의 손을 꼭 잡았다.

2. 집을 떠나서

해주가 마당을 쓸고 있는데, 사랑채에서 할아버지의 고함소리가 들렸다.

"그게 무슨 소리요?"

"잘 생각해 보십시오."

사랑채 문을 박차고 나오던 마을 이장이 해주를 곁눈질하더니 대문을 빠져나갔다.

"무슨 일입니까?"

할아버지의 심부름을 다녀오던 담로 아저씨가 물었지만, 마을 이장은 돌아보지도 않았다.

"들어오게. 해주, 너도."

할아버지의 목소리가 가늘게 떨렸다. 할아버지가 사랑채 문을 닫고 담로 아저씨에게 조용히 말했다.

"일이 틀어져 버렸어. 태극기를 그리는 걸 알고 왔더군."

"네?"

"내 재산을 달라고 하더군. 그럼 눈감아 주겠다고."

할아버지 말에 담로 아저씨가 주먹을 불끈 쥐더니 몸을 파르르 떨었다.

"해주를 데리고 떠나게."

"정말로 그곳이 있다고 믿으십니까?"

"나는 믿네. 여기는 위험해."

"석영 서방님이 계시는 미국으로 보내시는 게 어떻겠습니까?"

"아니, 그놈에게는 안 돼."

할아버지가 해주를 쳐다보며 말했다.

"담로를 따라가거라. 이곳은 위험해. 그리고 사당채 향탁 밑에 군자금으로 쓸 만한 것들이 있을 거야. 돌아오면 이 나라를 위해 써다오."

"할아버지는 같이 안 가요?"

해주도 칼을 찬 일본 순사들이 언제 들이닥칠지 모르는 집에서 떠나고 싶었지만, 할아버지 없이 산다는 것은 생각할 수가 없었다.

"나는 남아서 해야 할 일이 있단다."

눈물이 해주의 두 볼을 타고 흘렀다.

"할아버지를 두고는 아무 데도 안 갈래요."

"나약한 소리 하지 마. 용기를 내렴. 너는 할 수 있어."

할아버지가 서안 밑에 있는 보석함에서 금덩이 두 개를 꺼내더니 태극기로 감쌌다.

"이것을 가져가거라."

할아버지가 이번에는 다락에서 장총을 꺼내더니 담로에게 주었다.

"그들이 언제 들이닥칠지 모르니, 어서 떠나게."

할아버지가 재촉하자 담로가 큰절을 했다.

"아가씨는 꼭 지키겠습니다."

"고맙네."

해주가 눈물범벅이 되어 머뭇거리자 담로가 손목을 낚아채어서 밖으로 데리고 나갔다.

"대문 앞에 면장과 일본 순사 둘이 망을 보고 있습니다."

담로는 해주를 데리고 사당채 뒤꼍으로 향했다. 그러고는 담을 넘어서 도망쳤다.

둘은 인적이 드문 음식점에서 간단하게 요기를 하고, 먹을 것을 보퉁이에 채웠다. 담로는 해주를 깊은 산속으로 이끌었다. 할아버지가 걱정되어 뒤를 돌아보았다.

"할아버지는 괜찮으실까요?"

"동지들이 할아버지를 모시기로 했어요. 지금쯤 안전한 곳에 계실
겁니다."

담로가 장총으로 가지를 내리쳐 길을 만들었다. 해주는 할아버지가
왜 이곳으로 자신을 보냈는지 알 수 없었다.

갑자기 풀숲에서 부스럭거리는 소리가 들렸다. 둘은 그 자리에 멈
춰 서서 사방을 살폈다.

"제 옆에 꼭 붙어 계세요."

담로가 총을 겨누고 작은 소리로 말했다. 그때 소리새 한 마리가 풀
숲 위로 날아올랐다. 심지에 불을 붙이지 않은 것이 천만다행이었다.
총소리가 나면 무슨 일이 생길지 몰랐다.

소리새가 날아가자 숲은 시간이 멈춘 듯 다시 조용해졌다.

떡갈나무 군락을 지나자 오리나무 잎사귀들이 파르르 몸을 떨었다.
앙상한 나무를 지탱하고 있는 뿌리들이 땅을 움켜쥔 채 낯선 침입자
를 경계하는 눈빛으로 훔쳐보고 있었다. 하지만 담로도 조총을 한시
도 품에서 떼어놓지 않았다.

"어디에 가는 것인지 말해 주세요."

해주가 담로에게 물었다.

"새로운 세상을 찾아가는 길입니다."

"새로운 세상이라니요?"

"어르신께서는 믿고 계십니다. 이 숲 어딘가에 또 다른 세상으로 가는 길이 존재한다는 사실을 말입니다. 그곳 사람들은 이 세상 사람과는 달라요. 전설 속에 사는 사람들이지요."

"그럼 전설 속 세상을 찾아가고 있다는 말인가요? 그런 세상이 있기는 하고요?"

해주는 몸에서 힘이 쑥 빠져나가는 것 같았다. 냉정하고 사리에 밝은 할아버지가 환상을 믿는다는 것에도 놀랐지만, 언제나 계획적으로 일을 해결하는 담로가 그 말을 믿고 해주를 이 깊은 골짜기로 데리고 왔다는 것도 이해하기 어려웠다.

"믿고 안 믿고는 아가씨 마음이지만, 지금 이 나라에는 안전한 곳이 없어요. 그러니 저를 믿고 따라오세요."

담로의 단호함에 해주는 그만 말문이 막혔다. 담로도 익숙하지 않아 몇 번이나 길을 놓쳐서 왔던 길을 다시 돌아가곤 했다.

"길을 알긴 해요?"

"오래전, 제가 어렸을 때 어르신을 따라온 적이 있습니다. 숲이 많이 변하긴 했지만 찾을 수 있어요. 그때 운 좋게 이 숲의 중심부를 찾았어요. 나뭇가지나 뿌리의 움직임이 그곳을 향하고 있거든요. 자, 보세요. 이 나무의 뿌리가 어디를 향하고 있는지."

담로의 말을 듣고 해주는 나뭇가지와 땅 위로 튀어나와 있는 뿌리들이 어느 방향으로 뻗고 있는지를 살폈다. 정말 신기하게도 모두 한 방향을 가리키고 있었다.

해주가 손가락으로 가리키며 말했다.

"나뭇가지와 뿌리들이 저 골짜기를 가리키고 있네요."

"역시 할아버지 말씀이 옳았어요. 아가씨라면 그곳을 찾을 거라고 말씀하셨지요. 석영 서방님도 제가 모시고 온 적이 있었지요. 하지만 서방님은 말도 안 되는 이야기라면서 돌아서서 가 버리셨지요."

담로가 멋쩍게 웃자, 해주는 고개를 갸웃했다. 담로는 혹시 위험한 일이 벌어질까 봐 주변을 살피면서 해주를 이끌었다.

어둠이 내려앉아 더 이상 갈 수 없게 되자, 오리나무 아래서 밤을 보내기로 했다. 담로가 마른 가지를 모아 불을 지폈다. 해주는 보퉁이를 풀고 고구마랑 육포를 꺼냈다.

해주는 장가도 들지 않고 줄곧 집안 대소사를 책임졌던 담로에게 고마운 마음이 들었다.

"아저씨, 고마워요."

해주가 들릴 듯 말 듯한 소리로 말하고는 얼굴을 붉혔다.

"부모도 없는 저를 거둬 주신 분이 어르신인 걸요. 어르신이 아니었다면 저는 이 세상 사람이 아니었을 거예요."

해주는 나무 둥치에 등을
기대고 앉아 담로의 이야기
를 들었다.

"사람마다 사는 방식이 다
르지요. 나의 편안함만 바
라고 작은 것에 만족하는
사람이 있는가 하면, 나라
를 위해 짐을 지려는 사람
도 있어요. 어르신은 재산
을 팔아서 독립자금으로
내놓으셨어요. 그러려면
얼마나 큰 용기가 필요한
지 아가씨도 아실 거예요."
담로가 꺼져가는 불꽃에
마른 가지를 던져 넣었다.

"그렇다면 내가 그곳에 가서 무엇을 해야 하나요? 할아버지가 원하시는 게 뭘까요?"

"어르신도 그 세상에 가 보지는 못하셨어요. 그런데 그곳에서 온 소년을 만났대요."

"도대체 그곳이 어디죠?"

"믿을 수 있는 고서에 전해오는 이야기가 있습니다. 이 나라에 전란이 닥쳐 위험에 처하면 안전하게 피할 수 있는 곳을 지정해 주었는데, 그곳으로 가면 위험을 피할 수 있는 용기를 얻는다고 하였습니다."

활활 타오르는 불꽃 앞에서 담로는 차근차근 옛이야기를 풀어놓았다.

할아버지는 그곳을 찾다가 이 숲에서 갈색 머리에 눈이 바다같이 검푸른 아이를 만났다.

"이곳에 오면 안 돼요. 돌아가요."

소년의 목소리에는 날카로움이 깃들어 있었다. 할 말을 잃은 할아버지는 뒤로 물러설 수밖에 없었다.

"너는 어디서 왔니? 혼자 살아?"

소년은 고개를 저으며 자기가 온 세상을 손으로 가리켰다. 그때 할아버지는 아이가 그곳에서 망망대해를 가로질러 왔다고 생각했다. 소년이 숲으로 달려가자, 할아버지가 그 뒤를 쫓았다.

그러나 소년의 걸음이 너무 빨라서 놓치고 말았다. 소년이 사라진 자리에는 푸른빛 안개가 깔려 있었다.

집으로 돌아온 할아버지는 그곳을 탐험하기로 작정했다. 하지만 마음대로 되지 않았다. 나라가 위험에 처하면서 할아버지가 해야 할 일들이 많아졌기 때문이었다.

할아버지는 담로와 석영을 숲으로 보내 소년을 찾아보려고 했다. 그러나 석영은 의심이 많은 탓에 얼마 못 가 돌아섰다.

"할아버지는 남아서 할 일이 많으셔요. 그래서 아가씨가 그곳에 가서 뭔가를 배우기 원하세요. 아가씨가 다녀와서 나라가 처한 현실을 잘 헤쳐 나가기를 바라시는 거지요."

해주는 담로의 말을 꾹꾹 마음속에 눌러 담았다. 해주는 그곳에 호기심이 생겼다. 하지만 소년을 만날 수 있을지, 그리고 그곳에 발을 들여놓을 수 있을지 확신이 서지 않았다.

담로와 둘이서 숲을 헤매다가 산짐승을 만날 수도, 굶어 죽을 수도 있었다. 해주는 나무 기둥에 몸을 기대고 눈을 감았다. 복잡하게 엉킨 실타래를 풀 듯 머릿속을 비워냈다. 지금은 잠을 자 두어야 했다. 내일 또다시 길을 가야 하니까.

지금 할 수 있는 것은 할아버지가 준비한 길을 따라가는 것뿐 다른 선택을 할 수가 없었다.

할아버지가 하는 일에 한 번도 의심을 품어 본 적 이 없지만, 낯선 곳에서 불투명한 미래 앞에 서 있으니 혼란스러운 마음만 가득했다.

눈을 감아도 가슴속에 차오르는 불안은 떨치기 어려웠다.

3. 동굴 속에 빠지다

잠이 들었는데 담로가 해주의 어깨를 마구 흔들었다.

"늑대예요."

눈을 뜨니, 숲에서 파란색 불빛이 어른거렸다. 해주도 놀라서 일어나 담로 옆에 바짝 붙었다. 두 개였던 파란색 불빛이 곧 네 개로 늘어났다. 해주의 등에서 식은땀이 쭉 흘렀다.

"뒤돌아보지 말고 계곡 아래로 내려가세요. 제가 최대한 시간을 끌어 볼게요."

담로가 활활 타오르는 불 옆에 조총을 가까이 대며 말했다. 언제라도 심지에 불을 붙이고 방아쇠를 당길 자세였다.

"저 혼자 가라고요? 싫어요."

"늑대가 행동하면 총을 쏘게 될지도 몰라요. 총소리를 들으면 적들

이 몰려올 거예요. 그럼 아가씨도 무사하지 못해요."

"하지만……."

"나무들이 가리키는 방향으로 가서 그곳을 찾으세요. 아가씨라면 할 수 있어요."

담로가 마른 장작을 던져 올리자 불꽃이 활활 타올랐다. 늑대들이 주춤 물러났다.

해주는 짐 보퉁이를 들고 헐레벌떡 계곡으로 내려갔다. 그러나 그만 발을 헛디디는 바람에 아래로 굴러 떨어졌다. 나뭇가지에 옷이 찢기고 정강이에 상처가 났다. 그러나 해주는 일어나서 달렸다.

계곡 아래에는 며칠 전 비가 내려서인지 물이 가득 차올라 있었다. 늑대는 냄새를 맡고 따라온다. 해주는 냄새를 지우기 위해 무작정 차가운 계곡물로 뛰어들었다.

물살에 떠밀려가다가 뻗어 나와 있는 나뭇가지를 간신히 붙잡았다. 해주는 그것을 잡고서 있는 힘을 다해 물 밖으로 나왔다. 온몸이 물에 젖어 돌덩이를 매단 듯 무거웠다.

그때, 총소리가 계곡을 흔들었다. 담로한테 무슨 일이 생긴 게 틀림없었다.

이제는 어쩔 수 없이 혼자였다. 얼굴도 모르는 어머니가 그립기는 했지만, 마음의 빈자리를 할아버지가 채워 주었었다. 해주는 태어나서 처음으로 외로움을 느꼈다.

해주는 천천히 숲속으로 들어갔다. 할아버지와 담로의 희생을 외면할 수 없었다. 해주는 자신이 무엇을 해낼 수 있는지 알고 싶었다.

새벽 안갯속에서 나무들이 한쪽 방향으로 가지와 뿌리를 뻗고 있었다. 그것은 마치 나아갈 방향을 알려주려고 서 있는 표식 같았다.

나무들이 길을 닦아 놓은 듯 길게 뻗은 길이 한눈에 들어왔다. 해주는 멀지 않은 곳에 새로운 세상이 있다는 것을 직감적으로 알았다. 해주는 빨리 그곳에 닿고 싶어 뛰기 시작했다.

그런데 너무 성급하게 나선 탓에 또다시 돌무더기에 걸려 넘어졌다. 무릎이 까지고 피가 흘렀다. 상처를 묶을만한 것을 찾으려고 두리번거리다 몸에 중심을 잃고 낭떠러지로 굴러 떨어졌다.

정신없이 구르는데, 갑자기 주변이 어둠에 사로잡혔다. 동굴로 떨어진 것이다. 끈적끈적한 공기가 얼굴에 훅 끼쳤다. 해주는 정신을 가다듬으며 잠시 엎드려 있었다. 어디선가 뚝뚝 물 떨어지는 소리가 들렸다. 깊은 물웅덩이에 빠지면 죽을 수도 있었다. 해주는 정신을 놓지 않으려고 어둠 속에서 조심조심 발을 떼었다.

할아버지가 만났다는 푸른 눈의 소년이 정말 존재할까? 혹시 허상은 아닐까? 아버지처럼 해주도 의심이 들기 시작했다. 해주는 지금 하고 있는 모험이 너무나도 무모하다는 생각이 들었다.

바닥은 미끄러웠다. 가슴 깊이 두려움이 몰려오자 해주는 떨쳐 버리려는 듯 머리를 흔들었다. 지금 믿을 수 있는 건 자신 뿐이었다.

지금 있는 곳은 어디일까? 그저 평범한 동굴일 수도 있고, 할아버지가 말했던 새 세상의 어디쯤일 수도 있었다. 그런데 어디선가 악취가 풍겨왔다. 머리가 아팠다.

기력을 잃었는지 해주는 눈이 감겼다. 할머니도 돌아가실 때는 기운이 없어서 눈을 감고 있었다. 그때 할아버지가 할머니의 이마에 가만히 손을 올려놓았었다.

생각이 거기에 미치자 눈물이 솟구쳤다. 강해져야 한다는 마음이 순식간에 무너졌다. 해주는 흐흑! 큰 소리로 울었다.

실컷 울고 났더니 배가 고팠다. 하지만 보퉁이에는 먹을 것이 남아 있지 않았다. 태극기에 싼 금덩이 두 개만 손에 잡혔다.

'갈 때까지 가 보는 거야.'

총칼의 위협에서도 끝까지 태극기 그리기를 멈추지 않았던 할아버지를 떠올리며 해주는 이를 악물고 앞으로 나갔다.

'언젠가는 끝이 보이겠지.'

운이 좋다면 빠른 시간 안에 햇빛을 볼 수도 있다. 그러나 어둠이 끝이 없었다. 점점 다리에 힘이 풀리고 땀이 비 오듯 흘러내렸다. 속은 비어서 뒤틀리고 메스꺼웠다. 몇 번이나 헛구역질을 했다.

어디선가 아이가 부르는 듯한 노랫소리가 들려왔다.

"여기 사람이 있어요. 도와주세요."

해주는 떨리는 목소리로 입을 떼었다. 그러고는 소리가 나는 쪽으로 비틀거리며 걸어갔다. 그러나 순간, 소리가 더는 들리지 않았다.

해주는 절망감에 무릎을 꿇으며 주저앉았다. 똑똑 물 떨어지는 소리가 이곳저곳에서 들렸다. 손바닥으로 벽을 타고 내려오는 물기를 거두어 바짝 마른 입속을 적셨다.

그때 언뜻 한줄기 빛이 스며들었다. 해주는 벌떡 일어나 빛이 스며드는 곳을 향해 휘청휘청 발걸음을 떼었다.

그러나 빛은 신기루처럼 가까워지지 않았다. 해주는 빛이 사라질까 두려워서 긴장이 되었다.

"조금만 더……."

해주는 되뇌었지만, 결국 기진해서 쓰러지고 말았다. 이대로 끝인가 싶었다.

4. 안개마을

해주는 오랫동안 잠을 잔 것 같았다. 눈을 떴을 때, 밝은 햇살이 얼굴에 닿았다. 일어나 보려고 몸에 힘을 실었지만, 도무지 기운이 없었다.

"이제 정신이 들어? 너, 이틀 하고도 반나절 만에 깨어났어."

갈색머리에 피부가 까무잡잡한 소년이 해주를 들여다보고 있었다. 그런데 매캐한 연기 냄새가 방으로 스며드는 바람에 해주는 콜록콜록 기침을 했다.

"미안해. 불을 내가 지폈더니 연기가 마구 들어오네. 원래 불 지피는 건 아주머니 담당인데 지금 제사 준비 때문에 바쁘시거든."

해주는 간신히 일어나서 두리번거리며 주위를 살폈다. 토담집이었는데, 침실과 연결되어 있는 방의 문이 열려 있어 해주는 기웃기웃 안

을 들여다보였다. 탁자가 있었고 한쪽 벽에는 정육면체 모양의 크고
작은 나무들이 쌓여 있었다. 선반에는 나무를 깎아 만든 올빼미, 말,
호랑이, 물고기 같은 장식품들이 보기 좋게 진열되어 있었고, 그 아래
에는 금속 칼이 크기별로 가지런히 놓여 있었다.

"여기가 어디야? 혹시 저 세상?"

"저 세상? 저 세상이 어딘데?"

"사람이 죽었을 때, 영혼이 되어서 가는 곳."

"아니야. 넌 죽지 않았어. 내가 널 동굴에서 구했는걸?"

소년이 해맑게 웃었다.

"내 이름은 가온이야. 그리고 이곳은 바깥사람들이 모르는 세상이야."

해주는 가온이 할아버지가 말한 소년이 아닐까 생각했다. 가온이 잠시 나가더니 김이 모락모락 나는 닭죽을 나무 소반에 받쳐 들고 왔다.

"먹어 봐. 힘이 날 거야."

해주는 너무 배가 고파서 허겁지겁 먹었다. 해주는 가온이 옆에서 지켜보고 있다는 걸 알아채자 얼굴이 붉게 달아올랐다.

배가 부르니 정신이 좀 드는 것 같았다. 해주는 가온을 찬찬히 보았다.

가온은 말린 나무줄기로 짠 조끼를 입고 동물 가죽으로 만든 허리띠를 두르고 있었다. 신발은 나무껍질을 엮어 만든 소박한 것이었다. 해주는 집을 떠나던 날, 장롱에 고이 넣어두었던 운동화를 꺼내 주던 할아버지를 떠올렸다.

해주는 바깥으로 나가 마을을 둘러보았다. 호수를 끼고 50가구쯤 되는 집들이 모여 있었다. 나룻배를 탄 아이들이 낚시를 하고 있었는데, 새들이 그 위를 날아다니며 물고기를 낚아채갔다. 호숫가에 피어 있는 쐐기풀과 꽃들이 빛을 받아 반짝거렸다. 바깥세상과는 다르게 따뜻한 것이 계절이 이곳에서는 다르게 흐르는 것 같았다.

해주가 가온의 집에 있다는 것을 알고, 제당에서 제사를 끝내고 나오던 사람들이 몰려들었다. 그중에는 가온의 아버지 라한도 있었다.

라한은 마을의 부족장답게 위엄이 있었다. 라한이 쓰고 있는 나뭇가지를 엮어 만든 관에는 하얀색 깃털이 꽂혀 있었다.

"네가 바깥세상 아이라고?"

라한이 웃음기 없는 얼굴로 해주에게 물었다.

해주가 "네." 하고 대답하자, 가온이 얼른 말했다.

"아버지! 제가 동굴에서 구했어요."

"알고 있다. 하지만 바깥세상 사람을 불러들이는 건 금지된 일이야."

"그냥 두었다면, 저 아이는 죽었을 거예요. 위험에 처한 사람을 도와야 한다고 가르치신 건 아버지예요."

가온이 뾰로통한 얼굴로 말했다.

"그래. 네 이름이 뭐냐?"

"제 이름은 해주예요. 박해주."

라한이 불만 가득한 얼굴로 눈살을 찌푸렸다.

"너를 바깥세상으로 돌려보낼 방법을 빨리 찾아야겠구나. 이곳에 대해 알면 알수록 널 붙잡아둬야 할 이유가 늘 테니까."

"제가 해주를 바깥세상으로 보낼 방법을 찾아볼게요. 하지만 동굴을 통과해서 나가게 하는 건 너무 위험해요."

"가온, 바깥세상을 오가는 걸 가볍게 생각하면 안 된다. 잘못하다가는 모두 혼란에 빠질 수 있어."

라한이 길게 한숨을 쉬었다. 잔뜩 굳어 있는 가온의 얼굴을 보니, 해주는 괜히 미안한 마음이 들었다.

"그럼 들어가서 쉬어라."

라한은 그렇게 말하고는 사람들과 함께 돌아섰다.

안에서 잠시 쉬고 있는데, 밖에서 아름다운 목소리가 가온을 불렀다

가온이 밖으로 나가자 해주도 따라갔다. 은은한 노을빛을 띤 붉은 비단옷을 입은 여자가 윤기가 흐르는 주홍색 과일을 들고 서 있었다. 여자가 가온을 보더니 온화하게 웃음 지었다.

"우아린, 어쩐 일이에요?"

가온이 환하게 밝아진 얼굴로 물었다.

"저 아이가 바깥세상에서 온 아이구나."

"네. 해주라고 해요. 동굴에 쓰러져 있는 해주를 타노가 발견했어요."

그런데 갑자기 큰 호랑이 한 마리가 포효하며 나타났다. 해주는 화들짝 놀라서 뒷걸음질 쳤다.

"겁먹을 필요 없어. 애는 내 아람치 타노야."

"아람치?"

"아람치는 교감을 나누는 친구를 말해. 이곳 아이들은 각자 아람치를 한 마리씩 가지고 있어."

가온이 타노의 머리를 쓰다듬더니 몸을 가볍게 안았다.

"나와 타노는 하나야. 우리는 마음으로 교감을 해."

타노는 가온의 팔에 얼굴을 비비더니 옆에 조용히 앉았다. 가온의 이야기에 귀 기울이는 친구처럼.

"어제 딴 과일을 좀 가져왔단다. 그리고 라한과도 이야기를 나누었

는데, 해주를 우리 집에 있게 하는 게 좋을 것 같구나. 해주가 바깥 세상으로 돌아갈 방법을 찾을 때까지 말이야."

우아린이 해주를 보고 온화한 미소를 지었다. 해주는 엄마가 살아 있었으면 저런 얼굴일까 생각했다. 편안하고 다정한 우아린을 보면 어느 누구인들 좋아하지 않을 수 없을 것 같았다.

가온은 우아린이 따온 과일을 쓱 닦아서 해주에게 주었다. 자두만 한 크기인데 처음 보는 과일이었다. 한 입 깨물자 달콤함이 입 안 가득 번져갔다. 할아버지가 서양과자라며 주었던 초콜릿과 맛이 닮았다. 과일에 씨는 없었다. 해주가 순식간에 먹어치우자, 가온이 싱긋 웃으며 또 하나를 건넸다.

"잘 먹으니 좋구나. 자, 이제 나랑 가자."

우아린이 해주에게 손을 내밀었다.

해주는 거리낌 없이 우아린의 손을 잡았다.

"놀러 갈게."

가온이 머리를 긁적이며 해주를 보고 멋쩍게 웃었다.

해주는 가면서 이 마을이 안개가 자주 끼어서 안개마을이라고 부르게 되었다는 이야기를 들었다.

5. 우아린

마을에서 회의가 열렸다. 바깥세상 사람이 들어온 것이 마을에서는 큰 사건이었다. 마을이 바깥세상에 알려지는 것을 모두 극도로 경계했기 때문이었다.

"동굴을 통해 들어왔다고 합니다. 동굴을 진즉에 폐쇄했어야 했어요."

마을에서 가장 나이가 많은 카이 할아버지가 눈가에 주름을 잡으며 말했다.

"괴물이 지키고 있는 동굴을 어떻게 폐쇄할 수 있겠습니까? 그리고 우리도 바깥세상에 대해 알 필요가 있다고 생각합니다."

라한이 부족장답게 위엄 있는 목소리로 말했다.

"예전에 부족장님이 바깥세상에 나갔다 온 일이 있지만, 그 후로는 동굴을 통과한다는 것은 상상할 수 없는 일이었어요. 그런데 그 아이가 동굴을 통과해서 왔다니…….”

라한은 그 말을 듣자, 동굴을 통과해 바깥세상에 나갔던 일과 그때 만났던 청년을 떠올렸다.

“맞는 말이오. 동굴을 통과하는 것은 극히 위험한 일이오. 나도 그때 목숨을 잃을 뻔했으니까.”

“이제 아이를 어찌하실 셈이죠?”

우아린이 라한의 표정을 살피며 물었다.

“하루빨리 바깥세상으로 돌려보낼 방법을 찾아야지요. 그것이 마을을 지키는 일이니까요.”

그러자 할아버지가 다시 말했다.

“아이가 바깥세상 사람들에게 떠들기라도 하면 어쩔 텐가? 아이를 내보내는 건 너무 위험해.”

“그렇다고 아이를 이곳에 잡아두는 것은 옳지 못해요. 어느 누구도 그 아이의 삶을 통제해서는 안 돼요. 그것이 대대로 내려오는 우리 마을의 법이 아닙니까? 아이에게 단단히 주의를 주면 됩니다. 나쁜 아이 같지는 않았어요.”

“라한의 뜻이 그렇다면 방법을 찾아보도록 해요. 대신 같이 있는 동안 그 아이에 대해서 좀 더 살펴볼 필요가 있어요. 제가 잘 보살피고 가르칠게요."

우아린이 다정한 미소를 지어 보였다.

"우아린이 그렇게 해 준다면 안심이 되오. 잘 부탁드리겠소."

라한이 믿음 가득한 눈빛으로 우아린을 보며 말했다.

그 시각 해주는 우아린이 지어놓은 옷가지와 누에고치로 실을 뽑는
물레를 신기한 듯 보고 있었다. 우아린은 솜씨가 좋았다. 집안에 잘
말려서 손질해놓은 동물 가죽이 꽤 있었는데, 우아린은 그것에 색을
입혀서 장화와 모자, 장갑 등도 만들어놓았다. 얼마나 색이 예쁜지 해
주는 보기만 해도 입이 떡 벌어졌다.

"갖고 싶니?"

언제 왔는지, 우아린이 마당에 널어놓은 천을 걷어들고 문 앞에 서
있었다.

"아니요. 너무 예뻐서……."

"마음에 들면 가져도 좋아."

우아린이 깃털 장식이 달린 모자를 해주 머리에 씌워 주었다.

"어머나! 너한테 딱 어울려. 이곳에 온 기념으로 선물할게."

해주는 모자를 쓰고 벽에 있는 흐릿한 거울에 자신의 모습을 비춰
보았다. 선명하진 않았지만, 모자를 쓴 해주가 거울 속에서 환하게 웃

고 있었다.

"마음에 들어요. 솜씨가 정말 좋으세요."

"칭찬해 주니 고맙구나. 이제 네가 살던 곳에 대해 이야기 좀 해 줄
래? 많이 궁금했거든. 바깥세상에 대해서 말이야."

해주가 탁자 앞에 놓여 있는 간이 의자에 앉았다. 우아린이 과일을
갈아 만든 주스를 해주 앞에 놓았다.

"지금 바깥세상은 많이 위험해요. 이웃 나라가 우리나라를 넘보고
있거든요."

해주는 일본군들이 마을에 들어와 사람들을 괴롭히는 이야기와, 할
아버지와 태극기를 그렸던 일을 말해 주었다. 그러면서 곧 만세운동
이 펼쳐질 것 같다고 하면서, 이곳에 오게 된 이야기를 차근차근 털어
놓았다.

"마음고생이 심했겠구나. 이곳에 있는 동안만이라도 편하게 지내
렴. 예전에 전쟁이 일어난 적이 있지만, 지금은 평화롭단다."

"이곳 사람들도 전쟁을 한다고요?"

"그래, 이웃에 더 큰 권력을 가지려는 부족장이 있으면 전쟁이 나기
도 하지."

"남의 것을 빼앗는 건 나쁜 짓이에요. 그들은 벌을 받게 될 거예요."

해주가 입술을 깨물며 단호하게 말하자, 우아린이 재미있다는 듯

까르르 웃었다.

"그래, 그런 일은 일어나면 안 되지. 나 좀 도와줄래? 다리미질을
해야 하거든."

"예."

해주는 기꺼이 우아린을 도왔다. 받기만 하는 것은 해주와 어울리
지 않았다. 우아린은 요리 솜씨도 일품이었다. 처음 먹어 보는 음식들
이라 속에서 받지 않으면 어떡하나 걱정했는데, 쓸데없는 걱정이었
다.

다음 날, 가온이 타노를 데리고 찾아왔다. 가온을 따라온 소년과 소
녀들이 해주를 훔쳐보며 수군거렸다.

"지금 수라산으로 아람치 훈련하러 갈 건데, 너도 같이 갈래?"

그때 산속에서 크고 작은 아람치들이 내려와 소년과 소녀들 옆에
나란히 섰다. 대부분 새끼 호랑이들이었는데, 새끼 늑대도 몇 마리 있
었다. 아람치 중 타노의 덩치가 가장 커 보였다.

"이 애는 훈련에 방해만 될 거야. 아직 아무것도 모르잖아."

타노 만한 호랑이를 데리고 있던 소년이 해주 앞을 가로막으며 말
했다. 소년은 붉은색이 도는 머리칼을 가죽 끈으로 질끈 묶고 있었다.

"인사해. '투야'야. 아람치 훈련을 돕고 있지."

가온이 앞으로 나서며 투야를 해주에게 소개했다.

"안녕? 해주라고 해."

투야의 잔뜩 굳은 얼굴 때문인지 해주의 목소리가 가늘게 떨렸다.

"알아. 바깥세상에서 온 여자애! 너, 험한 꼴 당하기 싫으면 빨리 돌아가는 게 좋을 거야."

투야가 날카롭게 쏘아붙이고는 가 버렸다.

"신경 쓰지 마. 저 녀석은 항상 투덜대거든."

가온이 투야의 뒤통수를 보며 말했다.

"너희 정말 대단하다. 호랑이랑 교감을 한다고?"

"타노는 내가 마음속으로 하는 말을 알아듣고 행동해. 오늘 하는 훈련도 서로의 마음을 좀 더 이해하기 위한 거야."

"정말 좋겠다. 나도 내 마음을 읽어 주고, 위험에 처했을 때는 도와줄 수 있는 아람치를 가지고 싶어."

"아람치는 주인이 자기를 지켜 줄 만큼 강한지 지켜본 뒤에 스스로 찾아와. 너도 훈련하면 되지 않을까? 물론 쉽지는 않아. 아람치에게 용기를 보여야 하거든."

6. 진정한 용기

아이들이 하나둘 돌아서자 그 뒤를 아람치들이 따랐다. 가온이 해주를 보며 말했다.

"자, 우리도 가자."

"어디로?"

"수라산으로! 가서 훈련하자고."

가온이 타노를 데리고 앞장섰다.

수라산은 안개가 덮여 앞을 분간하기 어려웠다.

"숲에는 위험한 것들이 많아. 특히 귀에 익은 목소리를 조심해."

"귀에 익은 목소리라니?"

"응. 소리로 사람을 꾀어내는 것이 살거든."

가온이 해주 옆에 바짝 붙어서 경계의 눈빛으로 말했다.

"다른 아이들은? 아무도 안 보여."

"이 훈련은 자신과의 싸움이야. 숲은 각각 다른 모습으로 아이들을 시험해. 그때 스스로 용기를 증명해야 해."

"숲이 다른 모습으로 아이들을 가둬 버리는 거네?"

"꼭 그렇지만은 않아. 필요할 때는 서로 도울 수도 있어. 예전에 이웃 부족이 전쟁을 일으켰을 때는 서로 힘을 합쳐서 싸웠어."

"이 숲에서 전쟁을?"

"그때는 우리가 이겼어. 적들이 요괴를 너무 만만하게 본 탓이지."

"요괴라고?"

해주는 요괴라는 말에 깜짝 놀라는 얼굴을 했다.

"응, 안개요괴."

"지금은 요괴가 없겠지?"

해주가 떨리는 목소리로 가온에게 물었다.

"요괴는 우리 주변에 항상 존재해?"

"어떻게 알 수 있지?"

"놈이 필요할 때 사냥을 시작하거든."

"그렇다면 숲에 들어간 아이들이 위험하잖아? 아직 제대로 훈련된 상태도 아닐 텐데……."

"그렇다고 물러설 수는 없어. 요즘 이곳 세계가 몹시 불안정해졌거든. 훈화초가 피지 않은 지도 여러 해 되었어."

"훈화초라고? 꽃이야?"

"응, 맞아. 훈화초는 마을의 수호신 같은 존재야. 훈화초가 필 때는 사람들이 평화롭게 지내. 그런데 어느 순간부터 안개가 짙게 깔리면서 훈화초가 말라죽기 시작했어. 그때 소리를 흉내 내는 요괴도 나타난 거야. 마구 가축들을 잡아가 버려서, 먹을 것이 부족해진 부족들이 싸우기 시작했어. 그때 아이들이 앞장섰어. 아람치는 열다섯 살 이하의 아이와만 교감을 하거든."

"어른이 아니라 아이들이 마을을 지키는구나."

"그래 맞아. 아람치가 없는 어른들은 위험해."

"그렇구나."

"낯선 곳에서 왔더라도 너에게 어떤 재능이 있을지 모르니 지켜보자는 어른들이 많아. 네가 어른이었으면 벌써 쫓겨나고 말았을걸?"

그때 숲에서 나뭇가지가 부러지는 소리가 났다. 타노가 송곳니를 드러내며 소리가 나는 쪽으로 달려갔다.

"타노, 기다려!"

가온이 타노의 뒤를 따라갔다. 해주도 뒤따라갔지만, 나무뿌리에 발이 걸리고 말았다. 그 바람에 어디론가 굴러 떨어졌다. 짙은 안갯속에 해주 혼자 남았다. 발목에 통증이 느껴졌다.

해주는 나무 기둥을 잡고 간신히 일어났다. 걸을 때마다 발목이 시큰거리고 아팠다.

"가온! 타노!"

해주는 가온이 사라진 쪽을 향해 목소리를 높였다. 그러나 사방이 뿌연 안개로 덮여서 길을 찾기가 어려웠다.

가온을 따라 숲에 들어온 것을 후회했지만, 이미 늦었다. 새로운 세상에 대해 좀 더 알아보아야 했는데 경솔함으로 또 위험에 처했다.

그러나 아무것도 하지 않고 있는 것은 마음속에 불안만 키울 뿐이었다. 해주는 천천히 움직였다. 시간이 얼마나 흘렀는지, 어디로 가고 있는지 알 수 없어 두려움이 깊숙이 파고들었다.

그러다가 언뜻 하늘이 구름을 품은 모습을 본 것 같았다. 언뜻 햇살도 느껴졌다. 이대로 곧장 가면 수라산을 벗어날 것 같은 느낌이 들었다. 그러나 또 웅덩이에 발을 헛디뎌서 넘어지고 말았다.

"용기는 무언가를 지키고 싶을 때 생긴단다."

할아버지의 말이 귓가에 맴돌았다. 가온과 아이들도 마을을 지키기 위해 위험을 무릅쓰고 숲에 들어온 것이었다.

"나는 무엇을 지키고 싶은가?"

가슴속에 숨겨 두었던 태극기를 꺼냈다. 빨간색과 파란색 무늬에 시선을 고정했다. 할아버지는 무슨 일이 있어도 만세운동은 꼭 해내

야 한다고 말했다. 평생 힘들게 아끼고 모은 재산을 팔아 군자금으로
보낸 할아버지. 할아버지가 지키고 싶었던 것은 우리나라였다.

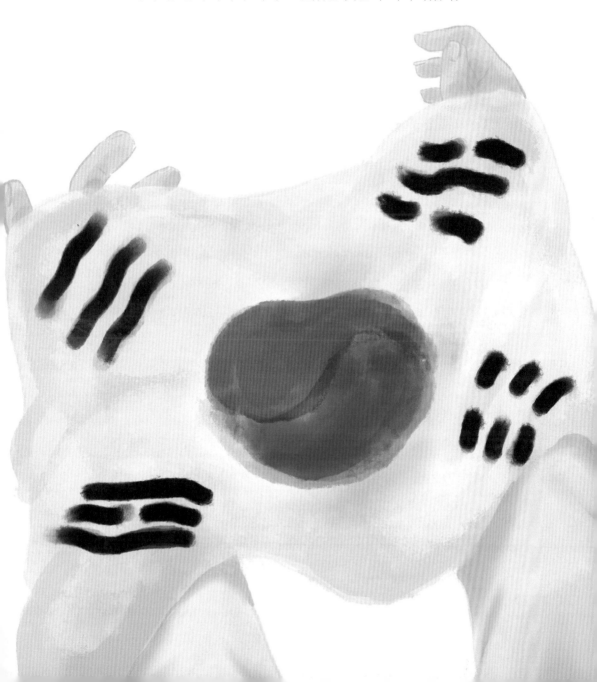

해주는 쓰러지지 않기 위해 발끝에 힘을 모으고 나약함의 소용돌이와 싸웠다. 할아버지와 함께 그렸던 태극기를 감싸 쥐자 어렴풋이 자신이 해야 할 일이 무엇인지 알 것 같았다. 그것은 할아버지와 함께 하려던 일을 마무리 짓는 것이었다.

마른나무 껍질로 아픈 발목을 단단히 동여매자 통증이 조금은 사라졌다. 그때 안갯속에서 소리가 들렸다.

"해주야. 많이 놀랐지?"

"가온?"

해주는 놀란 얼굴로 소리가 나는 쪽을 향해 말했다.

"그래. 나야. 너를 찾고 있었어."

가온이 곧 모습을 나타낼 줄 알았는데, 그림자조차 보이지 않았다.

'소리를 조심해야 해. 요괴가 익숙한 목소리로 사람을 꾀어내거든.'

해주는 가온이 했던 말을 떠올렸다.

'혹시 안개요괴?'

덜컥 겁이 났다.

"이쪽으로 와. 타노가 멧돼지를 잡았는데, 너무 무거워. 도와줘."

다시 가온의 목소리가 들렸다.

"가고는 싶은데……."

해주는 뒷걸음질 치며 작은 소리로 말했다.

"뭘 망설이는 거야? 나를 도와주기 싫은 거야?"

가온의 목소리가 퉁명스럽게 변했다.

"네가 가온이라는 걸 어떻게 믿지? 네 모습을 보여줘. 네가 어디에 있는지 모르겠어."

금방이라도 안갯속에서 시커먼 괴물이 하얀 이를 드러내며 달려들 것 같았다. 해주는 아픈 다리를 끌면서 재빨리 돌아섰다.

"너는 가온이 아니야. 썩 꺼져. 너, 하나도 안 무서워."

7. 백호

등 뒤에서 사나운 호랑이 울음소리가 들렸다. 타노는 아닌 듯했다. 타노의 울음소리는 따뜻하면서도 무게감이 있었다.

나뭇가지가 부러지는 소리가 나더니 바짝 쫓아온 듯한 맹수의 움직임이 등 뒤에서 느껴졌다. 도망치다가 나뭇가지에 팔이 찢겨서 상처가 났다. 그러나 멈출 수가 없었다. 이대로 요괴의 밥이 될 수는 없었다. 태극기를 쥔 손이 축축하게 젖었다.

"할아버지, 도와주세요."

해주는 숨을 몰아쉬며 안갯속을 달려가는데 물소리가 들려왔다. 이윽고 해주는 커다란 폭포가 있는 낭떠러지에 이르렀다. 더 이상 갈 곳이 없었다.

폭포 아래에서 하얗게 피어오르는 물보라가 해주를 집어삼킬 듯 솟

구치고 있었다.

'이곳에서 내가 죽는 건가?'

가슴속에 남아 있던 희망의 불씨가 꺼지는 듯했다.

'해주야! 무너지지 마라.'

할아버지의 목소리가 들리는 것 같았다. 그러나 할 수 있는 것은 아
무것도 없었다.

그때 새끼 백호가 나타나 해주를 빤히 올려다보았다.

"나를 따라와."

분명 그렇게 말하는 것 같았다. 해주는 금세 알아챘다. 그것은 마음
속으로 나누는 말이었다. 백호가 폭포 옆으로 난 언덕을 가로질러서
내려갔다. 낭떠러지인 줄 알았는데,
뾰족하게 나온 바위들이 길을
만들고 있었다. 해주는
새끼 백호를 따라 바위
를 뛰어넘으며 아래
로 내려갔다. 그런데
길이 동굴로 이어지
고 있었다.

엉금엉금 기어서 동

굴을 빠져나가자 어느새 안개는 사라지고 마을이 눈에 들어왔다. 아무 일도 없는 듯 평화로워 보였다. 마을이 눈앞에 펼쳐지자 백호가 재빨리 동굴 속으로 사라졌다.

"기다려."

해주가 큰 소리로 불렀지만, 백호는 다시 나타나지 않았다.

"고마워, 백호야."

해주가 마을 쪽으로 천천히 걸음을 옮기자 아이들과 아람치들이 달려왔다. 모두 무사했다.

"해주야, 괜찮아? 널 얼마나 찾아다녔는지 몰라."

가온이 헐레벌떡 달려왔다.

"내가 말했잖아. 저 애는 우리에게 짐만 될 뿐이라고, 시간만 낭비했잖아."

투야가 해주를 쏘아보며 말했다.

"나, 요괴 만났어."

해주의 말에 아이들이 눈을 동그랗게 떴다.

"진짜?"

"응, 가온의 목소리로 나를 홀렸어."

해주가 두려움에 몸을 떨었다.

"정말이야? 어떻게 빠져나왔어? 요괴는 절대로 물러서지 않는데."

64

가온이 호기심 가득한 얼굴로 물었다.

"백호가 도와줬어."

"백호라고?"

"응. 털이 하얀 새끼 호랑이였어. 크기는 이만할까?"

해주는 팔을 벌려서 자세하게 설명했다.

투야도 놀라는 눈치였다. 요괴를 피해 숲을 빠져나온 것도 그렇고, 백호의 도움을 받았다는 것도 그렇고……

해주가 수라산에서 요괴를 만난 일과 새끼 백호의 도움을 받아 무사히 숲을 빠져나온 일은 마을 사람들에게 큰 이야깃거리가 되었다. 해주를 보는 마을 사람들의 눈빛도 달라졌다. 과일을 건네며 부드럽게 웃어 주기도 하고, 떡을 나누어 주거나 털가죽으로 만든 신발이나 목도리를 선물하기도 했다.

"마을 사람들이 해주에게 선물을 줘요."

가온이 기분이 좋아서 들뜬 목소리로 떠들었다. 무기고에서 칼날을 벼리던 투야가 눈살을 찌푸렸다. 가온과 해주가 항상 붙어 다니는 것이 못 마땅한 눈치였다.

라한도 날카롭게 벼려둔 칼의 손잡이를 천으로 감싸며 당부했다.

"가온, 분위기에 사로잡히면 안 된다. 해주는 우리에 대해서 아는

것이 없어. 사람들이 해주에게 바라는 것이 생기면 그만큼 더 힘들
어진다는 걸 알아야 해. 이곳에서 해주가 할 수 있는 일이 있으면
좋겠지만 말이다."

"하지만 아버지. 백호가 해주를 숲에서 구해 주었어요. 백호는 아무
에게나 나타나지 않아요. 충분히 해주의 아람치가 될 수 있다고요."

그때 투야가 끼어들었다.

"그건 우연일 뿐이야. 해주가 정말로 백호를 만났는지도 알 수 없
어. 환상을 보았을 수도 있고 말이야. 수라산에서는 충분히 일어날
수 있는 일이야."

가온이 투야를 노려보았다.

"난 해주가 이 세상의 혼란을 막아 줄 특별한 아이라고 생각해."

투야는 가온의 말을 듣자 비웃는 얼굴을 했다.

집으로 돌아오자 우아린이 올빼미의 발목에 무언가를 묶고 있었다.

"뭐 하세요?"

"이곳에서는 올빼미 다리에 편지를 묶어서 먼 곳에 있는 사람에게
소식을 전한단다."

우아린이 올빼미를 날려 보냈다. 올빼미는 유유히 날아서 어둠 속
으로 사라졌다.

"네가 대단한 활약을 했다면서? 온 마을이 네 이야기로 떠들썩하단다."

"마치 꿈을 꾼 것 같아요. 환상을 본 건지도 몰라요."

"환상은 아닐 거야. 백호가 너를 구해 준 건 아람치가 되려는 뜻일지도 몰라. 네가 숲에서 한 행동이 백호의 마음을 움직인 것 같아."

"그렇다고 해도 제가 무엇을 할 수 있겠어요. 바깥세상에서 저는 할아버지를 위험 속에 남겨두고 도망쳤어요."

"너에게 주어진 시간은 아주 많아. 그러니 할 수 있는 일을 찾으면 돼."

우아린이 해주의 볼을 감싸쥐며 가볍게 웃었다. 해주는 우아린과 함께 있으면 마치 한 번도 본 적 없는 엄마랑 함께 있는 듯 마음이 편안했다.

"나 좀 도와줄래? 가죽으로 외투를 만들려고 하거든."

해주는 우아린을 돕는 것이 즐거워 얼른 그렇게 하겠다고 대답했다. 함지박에는 팽팽하게 당겨서 햇빛에 잘 말린 가죽이 곱게 개어져 있었다. 해주가 가죽에 기름을 묻혀두자 우아린이 밀개로 밀어서 바느질을 하기 좋게 만들었다. 우아린은 가죽에 구멍을 뚫은 다음 뼈바늘로 곱게 꿰맸다. 우아린의 손끝에서 근사한 가죽 외투가 태어났다.

"정말 멋져요!"

가죽이 부드러워서 입고 활동하기에 편할 것 같았다.

보름달이 뜨자 마을 여자들이 바느질을 배우려고 우아린의 집을 찾아왔다. 여자들이 마당을 차지하고 있어서 해주는 자리를 만들어주려고 집을 나왔다.

큰길에 들어섰을 때, 호랑이 한 마리가 해주 앞을 가로막았다. 투야의 아람치 '시야'였다.

불어오는 바람에 시야의 털이 가볍게 흔들렸다. 시야는 언제나 투야의 곁을 지켰다. 그렇다면 주변 어딘가에 투야가 있을 것이었다.

"나와. 숨어 있지 말고."

해주가 날카로운 목소리로 소리쳤다.

"난 네가 선택받은 아이라고 생각하지 않아. 다 거짓말이야."

나무 뒤에서 투야가 팔짱을 끼고 걸어 나왔다.

"선택받은 아이라고 말한 적 없어. 나도 너처럼 툴툴거리기 좋아하는 아이일 뿐이야."

해주의 말에 투야가 살짝 눈살을 찌푸렸다.

"빨리 너의 세상으로 돌아가. 여기 있다가 무슨 일을 당할지 모르니까."

"나도 그러고 싶어. 네가 바깥세상으로 나가는 길 좀 찾아줄래?"

해주도 지지 않고 대들었다. 투야가 짐짓 난처한 표정을 지었다.

"그런데 정말 백호가 널 구해 준 게 맞아?"

"그래, 새끼 백호였어. 백호가 무어라 말하는지 느낄 수도 있었어."

"믿을 수 없어. 너에게 무슨 아람치가 와?"

"왜 못 믿는 건데? 너에게도 아람치가 있잖아?"

순간 투야의 얼굴이 빨갛게 달아올랐다.

"시야는 투야의 아람치가 아니야. 투야 아버지의 아람치라서 그래."

언제 왔는지 가온이 끼어들었다.

"가온, 이 자식!"

투야가 씩씩거리며 가온을 노려보았다.

"제사에도 참석 못하는 녀석이 잘난 척은! 제사에 참여 못하면 어떤 경우에도 부족장이 될 수 없다는 걸 알지? 내가 부족장이 되면 제일 먼저 너를 내쫓을 거야. 두고 봐."

투야는 가온을 노려보며 쏘아붙이더니, 시야를 데리고 언덕으로 사라졌다.

"저 녀석과 가까이 지내지 마. 아주 나쁜 녀석이야."

가온이 투야가 사라진 언덕을 보며 말했다.

"시야가 투야의 아람치가 아니었어?"

"응. 아람치는 야생에서 자라기 때문에 길들이기가 쉽지 않아. 투야는 아람치를 길들이는데 실패했어. 그런데 어느 날, 시야를 데리고 나타난 거야. 처음에는 시야가 투야의 아람치인 줄 알았어. 그런데 알고 봤더니 투야 아버지의 아람치였다. 나이가 열다섯 살이 되면 아람치들은 떠나. 하지만 시야는 다시 돌아왔어. 그것도 반칙이야. 자기 스스로 용기를 보여서 선택받아야만 야생의 동물 중에서 아람치를 훈련시킬 수 있어."

해주가 고개를 끄덕였다.

"그런데 네가 부족장이 되지 못한다는 건 무슨 뜻이야? 제사에는 왜 참석 못하는 건데?"

"난 아버지의 장자가 아니야. 제사는 부족장이나 서열 제2부족장의 장자에게 승계가 돼. 나에게 형이 있었는데, 전쟁 때 수라산에 갔다가 돌아오지 못했지. 벌써 5년 전 일이야. 투야가 바로 서열 제2부족장의 장자라서 그렇게 말한 거야."

"그럼 다음 부족장은 투야가 되는 거야?"

"그건 투야의 생각일 뿐이야. 시야가 투야의 아람치가 아니라고 판명된 이상 더 두고 봐야 해. 투야의 용기에 의심을 품는 마을 어른들이 많거든. 부족장의 자격은 용기니까. 아람치는 그 용기를 증명하는 거고."

이 세계는 알수록 어려웠다. 그리고 아이들의 어깨에 마을의 안전이 달려 있다는 사실도 신기했다. 이러한 어려움을 받아들이는 가온이 달라 보였다.

8. 안개요괴

선선한 바람이 부는 이른 아침에 아이들이 아람치 훈련을 하려고 수라산으로 올라갔다. 해주는 요괴를 만난 이후로 그곳에 가기가 망설여졌다. 지난번에는 백호를 만나 다행이었지만, 그런 운이 또 따를지 모르는 일이었다.

"내키지 않으면 안 가도 돼."

가온이 해주의 마음을 읽은 것처럼 말했다. 해주가 망설이고 있자 가온이 다시 말했다.

"나도 수라산에서 타노도 잃고 길도 잃었을 때 무척 겁났어. 그런데 타노가 나를 찾아와 주었어."

"나도 백호를 다시 만날 수 있을까?"

"어떻게 마음먹느냐에 따라 달라지겠지. 네가 가지 않으면 백호가 실망할 거야."

가온이 해주의 얼굴을 물끄러미 쳐다보았다. 해주의 가슴속에 작은 불꽃이 피어올랐다. 그런데 투야가 끼어들었다.

"이번에는 널 찾지 않을 거야. 너 때문에 다른 아이들이 위험에 처하게 둘 수는 없어."

"염려하지 마. 너나 잘하셔."

해주가 투야에게 흥! 콧방귀를 뀌었다.

"해주 말이 맞아. 이번에도 백호는 해주를 지켜 줄 테니까……."

가온은 백호의 존재를 믿는 듯했다.

수라산에는 여전히 안개가 짙게 깔려 있었다.아이들이 아람치들과 함께 떠난 뒤에도 숲은 한동안 고요했다.

해주는 주머니에 있는 솜을 만지작거렸다. 요괴가 나타나면 귀를 틀어막을 요량으로 우아린이 만들고 있는 양모 이불에서 꺼내온 것이었다.

해주는 백호를 만나길 간절히 바라며 침엽수림이 펼쳐진 오르막길로 천천히 올라갔다.

그런데 갑자기 아이들의 비명과 함께 아람치들의 고통에 찬 포효가 들려왔다. 뭔가 심상치 않은 일이 벌어진 것이 틀림없었다. 해주는 아이들이 무사하기를 바라면서 걸음을 재촉했다.

그때, 무슨 소리가 들렸다. 해주는 발길을 멈추고 소리가 나는 쪽으로 귀를 기울였다.

"누가 좀 도와줘. 제발 대답 좀 해 줘."

도움을 구하는 소리였으나 무턱대고 달려갈 수가 없었다. 요괴의 함정일 수도 있었다.

천천히 소리가 나는 쪽으로 걸어가자, 안갯속에 소년의 실루엣이 보였다. 자세히 보니, 시야가 소년의 어깨에 머리를 기댄 채 앉아 있었다.

"투야? 투야 맞지?"

해주가 작은 소리로 물었다. 해주를 본 시야가 크르렁 소리를 냈다.

"시야, 괜찮아. 가만히 있어."

투야가 고통에 일그러진 얼굴로 시야를 다독이더니, 신음소리를 내며 오른쪽 다리를 감싸 쥐었다. 해주는 얼른 투야에게로 가까이 갔다.

"다친 거야?"

"다리를 움직일 수가 없어."

투야의 이마에 식은땀이 흐르고 있었다. 해주는 자신의 옷단을 죽 뜯은 다음 나무토막을 주워와 투야의 다리에 댔다. 옷단으로 단단하게 묶어 주자 투야가 안도의 한숨을 내쉬었다.

"자, 이제 여기서 빠져나가자."

해주는 시야를 보며 다시 말했다.

"시야. 도와줘. 네가 주인을 등에 태우고 가야 할 것 같아."

그러나 시야는 꼼짝도 하지 않았다.

"투야, 네가 말해. 등에 태워 달라고."

투야가 힘없이 고개를 끄덕이더니 시야와 눈을 마주쳤다. 그러자 시야가 엎드리며 투야에게 등을 내주었다. 해주가 부축해서 투야를 시야의 등에 태웠다. 그때 숲에서 소리가 들렸다.

"어머나, 투야. 많이 다쳤구나! 이리 오렴. 내가 치료해 줄게. 내가 숲에 오길 잘했네."

우아린의 목소리였다. 투야가 소리 나는 쪽으로 몸을 돌렸다.

"안 돼, 투야! 돌아보지 마. 저건 안개요괴가 분명해. 목소리에 속지 마."

하지만 투야는 목소리를 가늘게 떨며 말했다.

"우아린이 맞아. 난 우아린의 도움이 필요해."

"무슨 말이야? 저건 요괴야. 네가 더 잘 알잖아. 자, 가자."

해주가 반대쪽으로 시야의 목덜미를 잡아끌었다. 하지만 시야도 투야와 같은 생각을 하는 것 같았다.

우아린의 목소리가 다시 들렸다.

"투야. 넌 부족장이 될 몸이야. 건강해져서 이 마을을 다스려야지.

어서 이리 오렴. 널 치료해 줄게."

투야가 얼른 대꾸했다.

"맞아요. 저는 부족장이 되어서 마을을 다스릴 거예요."

해주가 아무리 노력해도 투야와 시야는 꼼짝도 하지 않았다. 해주가 소리 나는 쪽을 향해 당당하게 소리쳤다.

"이 나쁜 요괴야! 언제까지 목소리로 유혹할 셈이지? 나와 봐. 숨어 있지 말고 나와서 정정당당하게 맞서라고."

그때 푸드덕! 새가 날아오르는 소리가 들리더니 이윽고 숲이 조용해졌다. 시간이 지나도 우아린의 목소리는 더 이상 들려오지 않았다. 투야가 놀란 눈빛으로 해주를 바라보았다.

그때 무엇이 해주의 발등을 툭 건드렸다. 해주가 내려다보니 백호가 해주를 빤히 올려다보고 있었다.

"백호!"

해주는 너무 반가워 백호의 이름을 불렀다. 분명 백호는 "나를 따라와."라고 말하고 있었다.

백호가 나타나자 시야도 반응을 했다. 백호가 움직이자 시야가 그 뒤를 따라갔다. 이윽고 안개가 걷히면서 마을이 모습을 나타냈다. 마을이 보이자 해주와 투야는 안도의 숨을 내쉬었다.

"고마워!"

시야의 등을 붙잡은 채 투야가 작은 소리로 말했다.

"백호 덕분에 살았어."

해주가 무릎을 꿇으며 백호와 눈을 맞추었다. 백호가 해주의 어깨에 머리를 기대었다.

"네 아람치구나."

해주가 백호를 쓰다듬자 투야가 부러운 듯이 말했다. 멀리서 라한과 우아린이 황급히 달려오는 게 보였다.

"투야, 괜찮니?"

우아린이 투야의 상처를 살폈다. 라한이 굳은 얼굴로 말했다.

"너희라도 돌아와서 다행이다."

"그게 무슨 말씀이세요? 다른 아이들은요?"

"아무도 돌아오지 못했어. 아람치들도."

"가온은요?"

라한이 슬픈 얼굴로 고개를 저었다. 아이를 잃은 어른들이 발을 동동 굴렀다.

해주는 가만히 있을 수가 없었다. 해주는 백호에게 숲에 들어가 아이들을 구하자고 마음속으로 이야기를 나누었다.

"제가 아이들을 찾으러 가겠어요."

사람들의 눈이 일제히 해주에게로 쏠렸다. 그때 아람치 두 마리가 강물에 떠내려 왔다며 마을 사람이 소리치며 달려왔다. 모두 아람치가 있는 곳으로 달려갔다. 라한이 아람치를 살피더니 말했다.

"칼에 베여 죽었구나. 아무래도 이웃 부족의 짓인 것 같아. 그들이 전쟁을 준비하는 것 같다."

"그럼 맞서 싸울 준비를 해야지요."

해주가 주먹을 불끈 쥐었다.

"아이들과 아람치들이 없으니, 어떻게 해야 할지 방법을 찾아야 한단다."

라한이 길게 한숨을 뱉었다.

"예전에도 숲에서 전쟁을 했다면서요. 그때 마을을 지켜냈다는 이야기를 들었어요."

"그랬지."

그 말을 남긴 채 라한이 어깨를 늘어뜨리고 돌아섰다. 우아린이 해주의 어깨를 감싸며 말했다.

"그때 라한이 가온의 형을 잃었단다. 그런데 가온마저……."

우아린이 팔을 풀고 라한에게로 달려갔다. 어른들도 속속 돌아섰다. 해주는 나뭇잎이 뒹구는 것을 보면서 중얼거렸다.

'숲에 아이들을 구하러 가야 하는 거 아니에요? 어른들이 뭐 저래요, 할아버지!'

해주는 할아버지라면 어떻게 했을까 생각해 보았다. 분명 위험을 무릎 쓰고라도 아이들을 구하러 갔을 것이다. 투야가 시야와 함께 다가왔다.

"나랑 같이 수라산으로 가자."

해주가 놀라서 물었다.

"너, 괜찮아?"

"괜찮아. 다 나았어."

"정말?"

투야가 한 바퀴 빙그르르 돌았다.

"아이들은 죽지 않았을 거야. 시야와 백호가 힘을 합치면 아이들을 찾을 수 있어."

"나만 보면 잡아먹을 듯이 으르렁대더니……."

해주가 살짝 눈을 흘겼다. 그러자 투야가 멋쩍은 얼굴로 웃었다.

9. 투야

라한이 마을 사람들과 무기를 손보고 있었다. 전쟁을 대비하는 것 같았다.

"정말 괜찮겠니?"

"걱정하지 마세요. 백호가 있잖아요."

"나는 세상에서 너만큼 용기 있는 아이를 본 적이 없다. 투야, 너도."

라한의 칭찬에 투야의 얼굴이 빨갛게 달아올랐다.

라한이 해주를 뒤뜰로 안내했다. 뒤뜰에는 탐스럽게 꽃이 핀 여러 개의 화분이 가지런히 놓여 있었다.

"가온이 피워낸 훈화초란다. 우리에게 생명과도 같은 꽃이지. 옛날에는 마을 전체에 훈화초가 가득했단다."

햇살을 머금은 훈화초 꽃잎이 바람에 살짝 흔들렸다.

"이 꽃이 죽지 않는 걸 보면 가온이 살아 있는 게 분명해. 꼭 가온을 이곳에 데려와 다오."

라한이 가라앉은 목소리로 말했다.

"꼭 그럴게요."

해주가 입술을 깨물었다.

다음 날, 해주와 투야는 사람들의 배웅을 받으며 수라산으로 향했다. 수라산에 요괴 말고 또 다른 적이 있다는 사실에 마음이 무거웠다. 이 세상도 바깥세상처럼 어떤 위험이 마을을 위협하고 있었다. 마을에 훈화초가 한가득 피었던 시절처럼 바깥세상도 평화로웠던 시절이 있었다.

수라산에 도착하니 안개가 자욱하게 끼어 있었다. 해주는 마음을 다잡고 길게 숨을 토해냈다. 그때 불쑥 투야가 말했다.

"넌 자신이 얼마나 대단한 줄 모르지?"

"응?"

"너처럼 용감한 여자애는 본 적이 없어."

투야가 머리를 긁적이며 멋쩍게 웃었다.

"고마워."

투야의 갑작스러운 칭찬에 불안한 마음이 조금은 가라앉았다.

해주가 투야의 손목에 줄을 묶었다. 둘이 헤어지지 않기 위해 생각해낸 것이었다. 백호와 시야가 앞장서고 투야와 해주가 뒤따랐다.

"나는 너랑 달라. 사실 겁쟁이야."

안갯속을 나란히 걸으며 투야가 말했다.

"너한테는 시야가 있잖아."

해주가 말을 받았다.

"시야가 위험에 처한 적이 있어. 그때 아버지가 시야를 구하고 돌아가셨어. 시야는 그때의 일을 기억하고 내 곁에서 지켜 주고 있어. 나 때문이 아니라, 아버지 때문이야."

해주는 말없이 가만히 듣고 있었다. 투야가 낮은 목소리로 다시 말했다.

"시야가 편하게 떠나지 못하는 건, 내가 아람치를 구하지 못하고 있기 때문이야. 나는 아무 짝에도 쓸모없어. 시야를 힘들게 할 뿐이지."

투야가 길게 한숨을 내쉬었다.

"그렇지 않아, 시야는 너를 좋아하고 있어. 그 마음이 느껴져."

해주는 그동안 투야를 향한 시야의 눈빛을 떠올렸다. 투야를 생각하는 시야의 마음은 진심이었다.

"백호가 너를 선택한 걸 보고 많이 놀랐어. 그렇게 쉽게 아람치를 얻다니, 너는 정말 대단해."

내색하지 않았을 뿐, 투야는 해주를 많이 부러워하고 있었다.

'투야에게 그런 상처가 있었다니⋯⋯.'

투야에 대해 차가웠던 마음이 스르르 녹았다.

나무들이 뒤엉켜 번번이 길을 막았다. 그때마다 투야가 해주의 손을 잡아주었다. 아무래도 숲에서 많은 경험을 해온 투야는 길을 잘 헤쳐 나갔다.

갑자기 나뭇가지 부러지는 소리가 들리더니 이어서 칼 부딪치는 소리가 숲을 흔들었다. 투야와 해주는 마음속으로 시야와 백호에게 멈추라고 지시했다. 시야와 백호는 한 자리에 우뚝 선채로 다음 명령을 기다렸다.

백호와 시야가 조심스럽게 소리가 나는 쪽으로 다가갔다. 그 뒤를 해주와 투야가 따라갔다.

안갯속에서 불꽃이 일렁였다.

"요괴가 가까이 오지 못하도록 불을 피우는 거야."

투야가 귓속말을 했다. 불 옆에 쇠창살이 보였다. 그 속에 그림자가 어른거렸다. 사라진 아이들이었다. 불꽃이 일렁일 때마다 아이들의 모습이 더 뚜렷하게 보였다. 귀퉁이에 가온도 있었다.

아람치들은 보이지 않았다. 이미 죽였거나 끌고 간 듯했다. 해주는 가온의 아람치 타노가 무사하기를 간절히 바랐다. 해주가 고개를 돌리자 투야가 고개를 끄덕였다.

아이들을 납치한 사람들은 가죽옷을 입고 광대뼈가 튀어나왔으며 험상궂은 얼굴이었다. 모두 다섯이었는데, 둘은 불을 지켰고 남은 셋은 망을 보는 듯했다.

"정탐꾼이 틀림없어. 다른 적들이 오기 전에 아이들을 구해야 해."

투야가 주변을 살피며 작은 소리로 말했다.

해주와 투야가 머리를 맞대고 아이들을 구출할 계획을 세웠다. 시간을 아끼기 위해 곧바로 실행해 옮기기로 했다.

해주와 투야는 가죽 주머니에 물을 담아왔다. 그러고는 시야가 울음소리로 적들의 시선을 끌 동안 달려가서 물로 불을 꺼 버렸다. 적들이 우왕좌왕했다.

해주가 안갯속에서 차분한 목소리로 노래를 불렀다. 해주의 노래는 숲에 울려 퍼지며 짙게 가라앉았다. 마치 요괴가 부르는 노래 같았다.

백호와 시야가 적에게 덤벼들었다. 투야도 무기를 들고 싸웠다. 그 사이 해주가 쇠창살문을 열었다.

"해주야!"

가온이 놀라며 해주의 이름을 불렀다.

"서둘러!"

해주의 말에 아이들이 쇠창살 밖으로 급히 빠져나왔다.

"요괴들이다!"

적들은 요괴가 나타난 줄 알고 잔뜩 겁을 먹고 어디론가 뿔뿔이 흩어졌다.

해주가 얼른 아이들의 손목에 줄을 연결해서 묶었다.

"백호, 시야. 이제 돌아가자."

해주의 말에 아이들이 백호와 시야의 뒤를 따랐다.

"아람치들은 어떻게 되었어?"

투야가 가온에게 물었다.

"안갯속을 헤매다가 구덩이에 빠졌는데 정신을 잃었어. 깨어나 보니 다른 아이들과 함께 갇혀 있었어. 정신을 집중해서 타노를 불렀지만, 대답이 없었어. 아람치들이 무사해야 할 텐데……."

가온이 걱정스러운 목소리로 말했다.

"큰일이야. 적들이 쳐들어오면, 아람치들 없이는 안 돼."

투야도 걱정스러운 얼굴을 했다.

"자, 지금은 어서 여기를 탈출하는 게 우선이야."

아람치 걱정으로 걸음이 느려진 아이들에게 해주가 말했다. 앞서가던 백호도 돌아보았다.

생각했던 것보다 숲을 빨리 벗어날 수 있었다. 백호는 역시 길 찾기의 명수였다.

마을로 무사히 돌아온 아이들을 보자 사람들이 잔치를 벌여야 한다며 즐거워했다.

"무사히 돌아와서 다행이다. 가온."

라한이 가온의 어깨를 감싸며 말했다. 그러고는 해주에게 고맙다는 눈짓을 보냈다.

집으로 돌아온 라한은 주변을 살피다가 해주와 가온을 무기고로 데려갔다. 그러고는 안으로 들어가 문을 걸어 잠그고는 바깥의 동태를 살폈다.

"이웃 부족이 우리 마을을 노리고 있다는 정보를 얻었다. 그래서 무기를 점검하고 마을의 경계를 두 배로 늘렸지. 너희가 아람치 훈련을 하는 게 외부에 알려지지 않도록 조심했는데, 이런 일이 일어나고 말았어."

"그럼 우리가 훈련하는 걸 알고 그들이 숲에 함정을 판 거네요."

"그런 것 같아."

라한이 가온의 말에 답하면서 조심스럽게 무기고 뒷문을 열었다. 그러자 뒤뜰이 나왔는데, 가온이 정성을 다해 키우던 훈화초가 모두 말라죽어 있었다.

"앗, 꽃이?"

해주가 놀라서 입을 다물지 못했다. 가온을 구하러 갈 때만 해도 훈화초가 탐스럽게 피어 있었다.

"아버지, 누가 꽃을 꺾어서 죽였어요."

가온이 안절부절못했다.

"투야와 해주가 수라산으로 간 후 기다리고만 있을 수 없어 몇몇 사람과 뒤따라갔단다. 그런데 돌아와 보니 누가 이런 짓을 했더구나."

"훈화초는 우리 마을의 수호신 같은 존재예요. 그런데 누가 이런 짓을 했죠?"

"마을에 적과 내통하는 자가 있다는 뜻이야."

라한의 말에 가온과 해주의 얼굴이 굳었다.

"도대체 누가?"

"안에 있는 적을 찾아내지 못하면 마을이 위험해져."

"마을 사람들에게 이 사실을 알려야 해요."

해주가 안타깝게 말했다.

"수라산에 요괴가 나타난 후로 마을 사람들이 불안해하고 있어. 그러니 조심스럽게 알려야 할 거야."

"어쨌든 이대로 있을 수는 없어요. 대비를 해야 한다고요."

해주가 강력하게 주장하자. 라한과 가온이 고개를 끄덕였다.

10. 훈화초

다음 날, 마을 회의가 열렸다. 사람들이 라한의 이야기에 귀를 기울였다. 회의장 오른쪽에는 투야가 시야와 함께 앉아 있었다.

투야가 눈인사를 건네자, 해주도 살짝 미소를 지었다.

"너희, 부쩍 친해진 것 같은데?"

가온이 쩝 입맛을 다셨다.

"내가 투야의 상처를 치료해 줬거든. 고마워서 잘해주는 거야. 다른 뜻은 없어."

해주가 입 꼬리를 올리며 웃었다.

그때 라한이 사람들에게 큰 소리로 말했다.

"가온이 피워낸 훈화초가 지난밤 누군가의 손에 꺾여 버리고 말았습니다."

여기저기서 웅성거리는 소리가 들렸다.

"도대체 누가 그런 짓을?"

마을 사람들이 동요하기 시작했다.

"그러나 염려 마십시오. 꽃은 피어 있습니다. 아무도 모르는 안전한 곳에서요. 바깥세상 아이 해주가 꽃을 보살피고 있었지요. 그 꽃이 피어 있는 한 우리는 이 마을을 지켜낼 것입니다."

라한이 고개를 끄덕이며 미소 지었다.

마을사람들의 눈빛이 해주에게로 쏠렸다.

"저 아이는 특별한 아이예요. 우리 마을을 지켜 줄 아이."

여자들이 입을 모아 해주를 칭찬했다. 의심을 품었던 남자들도 해주를 보는 눈빛이 부드러워졌다.

"꽃은 정말 무사한 거지요? 라한?"

우아린이 걱정스럽게 물었다.

"물론이요. 해주가 바깥세상에서처럼 정성으로 꽃을 키우고 있소."

우아린이 해주의 볼을 살짝 꼬집으며 말했다.

"이 아이는 특별해요. 붙잡아 두자고 한 제 말이 옳았어요."

우아린이 환하게 웃었다.

"꽃을 더 안전하게 지킬 수 있는 곳으로 옮겨야겠어요."

해주가 작은 소리로 말했다. 혹시나 마을 사람들이 들을까 봐 주변을 둘러보았다.

"그래야겠지."

라한이 고개를 끄덕였다.

다음 날 새벽 해주가 마을을 빠져나와 언덕으로 올라갔다. 언덕 위
에서 내려다본 마을은 늪에서 피어오른 옅은 안개와 섞여서 은은하게
빛났다. 새벽바람이 불어오자 마른 풀잎들이 우수수 일어나 몸을 떨
었다.

집을 빠져나올 때 우아린은 밤새 옷을 만드느라 피곤했는지 살짝
코까지 골았다.

언덕 아래에서 가온이 기다리고 있었다.

"날씨가 추워. 따뜻하게 입었어?"

"응, 괜찮아 우아린이 만들어준 코트, 정말 따뜻해."

해주가 어슴푸레 밝아오는 희미한 빛을 쫓으며 말했다.

"마을이 평화로워지면 타노를 찾으러 가자. 백호만 있으면 길을 잃
지는 않을 거야."

해주가 가온을 위로했다.

"고마워. 나는 타노가 꼭 돌아올 거라고 믿어."

가온의 눈빛이 흔들렸다.

해가 완전히 떠오르려면 시간이 더 걸릴 것 같았다.

"훈화초를 따뜻하게 해 줘야 해. 찬바람이 불면 훈화초의 성장이 멈추거든."

가온의 화초 키우는 솜씨는 정말 놀라웠다. 가온이 마음먹고 씨를 뿌리면 눈 깜짝할 새에 잎이 돋아나고 꽃이 피었다. 그중에서 가장 키우기 힘든 꽃이 훈화초였다. 마을을 상징하는 꽃답게 어려움이 많았다.

"예전에는 온 마을이 훈화초로 가득했다고 들었어. 먹을 것이 넘쳐나고 웃음소리가 끊이지 않았다고 해. 하지만 갈수록 살기가 힘들어졌어. 안개요괴가 나타나서부터야."

"요괴의 정체는 무엇일까?"

"어쩌면 우리 마음속의 두려움이 요괴를 불러냈는지도 몰라. 그래서 요괴의 실체를 본 사람이 없어. 고서에 목소리로 사람을 꾀어내는 요괴 이야기가 전해져 내려오는데 아마도 그 요괴가 틀림없어."

저만치 오두막이 보였다. 그동안 가온이 타노와 함께 피리를 불며 쉬던 곳이었다.

가온이 눈짓으로 말하자 해주가 오두막 안으로 들어가 보자기에 싸인 화분을 들고 나왔다.

"꽃잎은 멀쩡해. 키도 좀 더 자란 것 같은데"

해주가 가온을 향해 눈을 찡긋했다.

"다행이다."

가온도 웃었다.

둘은 화분을 들고 오두막을 벗어나 언덕을 내려갔다. 그때 우두둑 나무 부러지는 소리가 들렸다.

"해주! 가온!"

우아린이 채찍을 들고 서 있었다.

"우아린! 여긴 어떻게?"

"네 뒤를 따라왔지. 그 화분을 나에게 넘겨주겠니?"

"화분을요?"

"그래. 훈화초를 나에게 넘겨다오."

"훈화초를 넘겨주어야 할 이유를 물어도 될까요?"

가온이 눈살을 찌푸리며 물었다.

그때 오두막 뒤에서 라한과 마을 사람들이 우아린을 둘러쌌다.

"우아린, 나도 궁금하군. 당신에게 훈화초가 왜 필요한지."

라한이 잔뜩 굳은 얼굴로 물었다.

"아니, 뭐 해주보다는 내가 꽃을 잘 보살필 테니까. 당신도 알잖아. 저 훈화초가 얼마나 중요한지. 죽으면 안 되니까."

우아린의 목소리가 떨렸다.

"또 꽃을 꺾으려고요?"

가온이 화가 난 얼굴로 쏘아붙였다.

"무슨 소리야?"

우아린이 채찍을 움켜쥐며 가온을 노려보았다.

"당신이 이웃 부족의 첩자라는 걸 알아. 우아린."

라한이 우아린의 얼굴을 마주 보고 말했다.

"왜지? 왜 우리를 배신한 거야?"

우아린이 털썩 주저앉으며 흐느꼈다.

"나는 이웃 부족의 공주야. 우리는 당신 땅이 필요해. 늪을 끼고 있는 기름진 땅 말이야."

"공주 신분으로 직접 나서다니 당신도 어지간히 급했던 모양이군."

라한이 입 꼬리를 올리며 눈살을 찌푸렸다.

"우리 부족은 굶어 죽어가고 있어. 그래서 내가 제안한 거야. 굶주림 속에 사느니 당신 나라를 빼앗자고. 그런데 알다가도 모를 일이군. 내가 첩자라는 것을 어떻게 알았지? 아람치들을 부리는 종족이라더니 사람 마음도 읽는 거야?"

우아린이 믿을 수 없다는 얼굴로 라한을 보았다.

"해주가 당신 마음을 읽었어."

"해주가?"

우아린이 해주를 물끄러미 보았다.

"훈화초가 있던 뒤뜰에서 빨간색 천 조각을 발견했어요. 당신이 제 옷을 재단하면서 오려낸 것이었어요. 그걸 당신의 옷에 장식으로 붙였잖아요? 제대로 바느질을 안 하셨나 봐요. 떨어진 걸 보니……. 그리고 매번 올빼미 발목에 묶어서 날려 보내는 게 뭘까 생각했어요."

"흥, 널 위해 옷을 만들었는데, 그것이 내 발목을 잡았구나. 하지만 훈화초는 없지? 내가 알기로 훈화초는 가온이 기르던 게 다야. 네가 가지고 있는 그것은 가짜야."

우아린이 해주가 들고 있는 화분을 손으로 가리켰다.

"정말 그럴까요?"

해주가 보자기를 걷어 냈다. 방금 막 떠 오른 햇살에 훈화초의 색이 더 선명하게 빛났다.

"수라산에 훈련하러 가기 전에 화분 하나를 해주에게 맡겼어요. 누가 더 잘 키우나 내기 하자면서요."

가온이 무뚝뚝하게 쏘아붙였다.

해주도 고개를 끄덕이며 말했다.

"바깥세상에서 화초를 키웠어요. 그래서 훈화초를 꼭 키워 보고 싶었어요. 혹시 죽을까 봐 걱정했는데, 이렇게 잘 자라 주었어요."

해주가 훈화초 화분을 꼭 안으며 말했다.

"하지만 이미 늦었어. 우리 부족이 수라산을 건너서 이곳으로 올 테니까. 너희 아람치들은 지금쯤 내 부족의 편에 서 있을 거야. 우리에게는 최면을 거는 묘약이 있거든."

우아린이 미소를 머금고 사람들을 둘러보았다.

"숲에는 요괴가 살아요. 숲을 건너오기가 쉽지 않을 거예요."

해주가 말했다.

"천만에, 요괴는 불을 무서워해. 그것을 우리는 알고 있지. 불을 들고 올 거야. 그리고 이 마을을 몽땅 불태우고 우리 부족의 새로운 세상을 만들 거란다."

우아린이 자신에 찬 목소리로 말했다. 우아린의 말이 맞다면 불 때문에 요괴는 숲 깊숙이 숨어 버릴 것이었다.

마을 사람들이 동요하기 시작했다. 그 모습을 우아린이 지켜보며 살며시 미소 지었다.

"해주가 훈화초를 꽃피웠다고 해도 저 사람들에게는 싸우려는 의지가 없는 것 같군. 어때, 라한! 나와 타협하는 것이, 서로 피 흘리며 싸울 필요가 없잖아. 우리가 원하는 걸 주면 나도 당신들의 안전을 지켜 줄 수 있어."

"말도 안 되는 소리예요. 이 땅의 주인은 우리예요. 우리가 이 마을을 지킨다고요."

가온이 주먹을 불끈 쥐며 라한 앞에 섰다.

"맞아요. 우리가 마을을 지킬 거예요."

투야도 시야를 앞세우고 앞으로 나섰다. 시야가 이빨을 드러내며 우아린을 노려보았다. 우아린이 슬쩍 뒤로 물러났다.

"지금은 백호와 시야 말고 아람치들도 없지 않니? 아람치가 적들의 편에 섰다면 마을이 쑥대밭이 되고 말 거야."

라한이 해주를 보며 조그맣게 말했다.

"피하면 안 돼요. 방법이 있을 거예요."

할아버지는 가슴속에 용기를 불어넣는 일만큼 큰일은 없다고 하셨다. 해주가 태극기를 사람들 앞에 펴 보였다.

"바깥세상에서 이 태극기를 그리다가 발각되는 날에는 꼼짝없이 잡혀가서 죽게 되지만, 할아버지와 나는 그림 그리는 일을 멈추지 않았어요. 지켜야 할 나라가 있기 때문이었어요. 여러분이 마을을 지켜야 하잖아요. 언제까지 피하기만 할 건가요?"

해주의 목소리가 커졌다. 라한이 해주의 어깨를 조용히 감싸 쥐었다.

마을 사람들도 해주에게서 눈을 떼지 못했다.

"방법이 있어. 우리가 숲에 들어가서 함정을 만드는 거야. 우리에게는 숲을 잘 아는 백호가 있어. 해주와 백호만 있으면 우리에게도 승산이 있어."

가온이 해주와 백호를 번갈아 보며 말했다.

"그래. 좋은 생각이야. 숲에 함정을 파자. 안개 때문에 눈에 쉽게 띄지도 않잖아."

투야도 앞장섰다.

11. 수라산으로

다음 날 계획대로 백호가 길잡이를 하고 가온과 투야, 몇몇 장정들이 숲으로 들어갔다. 허리에 끈을 묶어서 흩어지는 일이 없도록 고정했다. 혹시나 나타날지도 모를 요괴에게 당하지 않기 위해 귀를 막을 솜도 준비했다. 목소리가 들리면 솜으로 귀를 막을 작정이었다.

라한이 안심이 안 된다며 선봉에 서겠다고 했지만, 부족장이 없는 마을은 상상할 수가 없었다. 모두의 만류에 하는 수 없이 라한은 마을에 남아 아이들을 기다리기로 했다.

백호가 앞장서서 올가미를 놓을 자리와 함정을 팔 곳을 알려주었다. 백호는 숲을 꿰뚫고 있었다.

"서둘러야 해요. 우아린의 소식이 끊기면 적들이 이상하게 생각할 거예요."

가온이 장정들을 재촉했다.

구덩이를 파고 땅 속에 창을 꽂았다. 함정에 빠지면 꼼짝없이 죽을 수밖에 없었다.

"좀 더 넓게, 그리고 깊게 파야 할 거예요."

투야가 함정을 꼼꼼하게 살피며 말했다. 해주는 백호가 표시해둔 길목에 올가미도 놓았다.

적을 모두 소탕할 수는 없겠지만, 계획대로 된다면 큰 타격을 줄 수 있었다.

모든 설치가 끝나고 이제 숲을 빠져나가는 일만 남았다. 그런데 갑자기 숲을 헤치고 달려오는 듯한 소리가 들려왔다. 적들이 행동을 개시한 게 틀림없었다.

"다들 서둘러요. 빨리 숲을 빠져나가야 해요."

가온이 소리쳤다. 모두 서로를 묶어놓은 끈을 단단히 부여잡고 일사불란하게 움직였다.

"나 두고 가지 마."

그때 목소리가 들렸다. 마을 사람 중 한 명이 길을 잃은 모양이었다.

"이 목소리는 대장장이 하 씨의 목소리야."

장정 하나가 멈춰 서며 말했다.

"놔두고 갈 수 없어. 가서 구해야 해."

장정들이 뒤돌아보며 우왕좌왕했다.

"어디야? 소리를 다시 내 봐. 구하러 갈게."

장정 하나가 큰 소리로 숲을 향해 소리를 질렀다.

"여기야. 빨리 와."

다시 목소리가 들렸다. 장정이 줄을 끊으려고 칼을 들었다.

"멈춰요."

해주가 소리쳤다.

"대장장이 하 씨가 이곳에 온 게 맞나요? 누가 본 사람 있어요?"

그러자 장정들이 서로를 번갈아보며 말을 얼버무렸다.

"마을에서 출발할 때 본 것 같아. 그런데 숲에 왔는지는 잘 모르겠어."

장정 하나가 말을 받았다.

"나도 그래. 하지만 하 씨가 맞을 거야. 지난번 오른쪽 발목을 삐어서 잘 걷지를 못하거든. 그래서 뒤처진 게 틀림없어."

다른 장정이 말했다.

"아저씨, 발목이 많이 아픈가요? 다친 왼쪽 발목이요. 못 걸을 정도인가요?"

해주가 숲을 향해 크게 소리쳤다.

"그래. 왼쪽 발목이 아파서 못 걷겠어. 도와줘. 제발."

그 말을 듣는 순간, 해주가 솜을 꺼내 귀를 막았다.

"서둘러 솜으로 귀를 막아요."

그러자 모두 겁에 질려 솜으로 귀를 막았다.

백호가 앞장서고 그 뒤로 해주 가온과 투야, 그리고 장정들이 숨을 죽이고 뒤따라갔다.

곧 숲에서 나무 부러지는 소리가 들리고 비명소리가 들렸다. 예상대로 적들이 함정에 빠지고 올가미에 걸린 것이었다. 그런데 울부짖는 소리와 함께 호랑이 소리도 들렸다. 모두 귀에서 솜을 뺐다.

타노일지도 모른다며 가온이 돌아섰지만, 이내 투야의 손에 이끌려 숲을 빠져나왔다.

작전은 대 성공이었다. 적들은 당분간 마을을 습격하지 못할 것이었다.

라한이 아이들을 안아 주며 즐거워했다.

"너희가 마을을 구했구나. 우리는 이제 더 이상 그 무엇도 두렵지 않아!"

가온과 투야도 환하게 웃었다.

마을에 잔치가 벌어졌다. 승리의 잔치였다. 해주는 조용히 빠져나와서 감옥에 갇혀 있는 우아린을 찾아갔다.

우아린은 초췌한 얼굴로 벽에 기대어 해주를 보았다.

"네가 좀 다르다고는 생각했어. 하지만 이 마을을 구할 만큼 대단한 아이라고는 생각하지 않았는데, 그것이 나의 실수였어."

"마을 사람들은 당신을 존경했어요. 저도 마찬가지고요."

"그래 그랬지. 이곳 사람들이 선량하다는 걸 나도 인정해. 하지만 위기에 빠진 우리 부족을 모른 척할 수는 없었어."

"다 같이 잘 살 수 있는 방법은 없는 건가요? 꼭 그렇게 빼앗아야만 살 수 있는 거예요?"

우아린이 희미하게 웃었다.

"오랜 세월 동안 우린 서로 다른 곳을 바라보며 살아왔어. 서로 나눠 가질 수 없는 것을 얻기 위해 싸웠지. 그것은 하루아침에 바뀌지 않아. 하지만 노력은 필요하겠지. 너를 보며 깨달았단다. 진정 우리가 얻고 싶은 게 무엇인지……."

우아린이 길게 한숨을 쉬었다.

"넌 이제 돌아가겠구나."

"네."

"네가 많이 생각날 것 같아."

우아린이 웃었다.

해주도 미소를 머금고 우아린을 보았다. 해주는 가만히 손을 흔들고 돌아섰다.

12. 바라칸

"해주야! 많이 생각해 봤는데, 바깥세상으로 돌아가려면 네가 들어
온 동굴을 통과하는 방법밖에 없는 것 같구나. 하지만 그곳에도 요
괴가 있어. 그래서 너를 그곳으로 보내지 못하겠구나."

"요괴에 대해서 자세히 알려주세요."

"요괴는 배가 고프지 않으면 해를 입히지 않는다는 속설도 있어. 하
지만 그것은 모두 전설에 지나지 않아. 자세한 것은 우리도 잘 모른
단다. 네가 원하면 평생 우리와 함께 살아도 돼."

라한의 말에 해주는 한 치의 망설임도 없이 대답했다.

"가겠어요. 저는 나가서 해야 할 일이 있어요. 할아버지도 그것을
원하실 거예요."

"네 고집을 꺾을 수 없겠구나. 사실 내가 가온만 한 나이였을 때 동

굴을 통과한 일이 있었다. 나는 전쟁에서 쓰러진 아버지를 구하기 위해 바깥세상에서 자라는 약초를 찾으러 갔었지. 그때 바깥세상 사람을 만났는데 혹시 그 사람이 네 할아버지가 아닐까 생각했다. 나도 동굴을 통과할 때 요괴의 목소리를 들었단다. 지금은 세상을 떠난 가온 엄마의 목소리였지. 목소리에 홀려서 영영 요괴의 노예가 될 뻔했는데, 바깥세상에서 가져온 약초 냄새 때문에 정신을 차렸다. 너에게는 백호가 있다. 백호가 길을 알려 줄 거야."

"바깥세상에 나가면 백호를 다시 돌려보내야 하나요? 그동안 정이 많이 들었어요."

"그것은 아람치 스스로가 결정할 일이다. 그리고 이곳에 대해서는 비밀로 해 다오."

"예. 잘 알겠어요."

해주는 라한에게 고개를 끄덕였다.

짐 보퉁이를 메고 나오자 가온과 투야가 마을 입구에서 기다리고 있었다.

"우리 또 만날 수 있을까?"

"물론이야."

해주가 환하게 웃었다.

"동굴 요괴한테 잡아먹히지나 마."

투야가 걱정스러운 얼굴로 퉁명스럽게 말했다.

"걱정하지 마. 들어올 때는 혼자였지만, 이제는 백호가 있잖아. 소중한 내 아람치."

해주가 백호를 꼭 안으며 말했다.

"너도 지키고 싶은 게 있다고 했지? 그래서 용기를 내는 거라고."

가온이 서운한 얼굴로 물었다.

"그래. 바깥세상이 지금 많이 혼란스럽거든"

해주가 어깨에 힘을 실으며 대답했다.

"행운을 빌게."

"이곳을 알게 되어 너무 기뻐. 할아버지가 왜 그토록 나에게 이곳을 찾으라고 하셨는지 알 것 같아. 바깥세상이 아무리 참혹해도 너희를 생각하면 이겨낼 수 있을 것 같아."

"고마워."

가온과 투야가 고개를 끄덕이며 말했다.

해주는 백호를 앞세우고 바깥세상을 향해 긴 여행을 떠났다. 늪을 돌아 낭떠러지가 있는 언덕 아래로 내려갔다. 이윽고 동굴이 까맣게 입을 벌리고서 모습을 드러냈다.

지난번 동굴 속에서의 일들이 떠오르자 가슴이 답답했다. 그러나

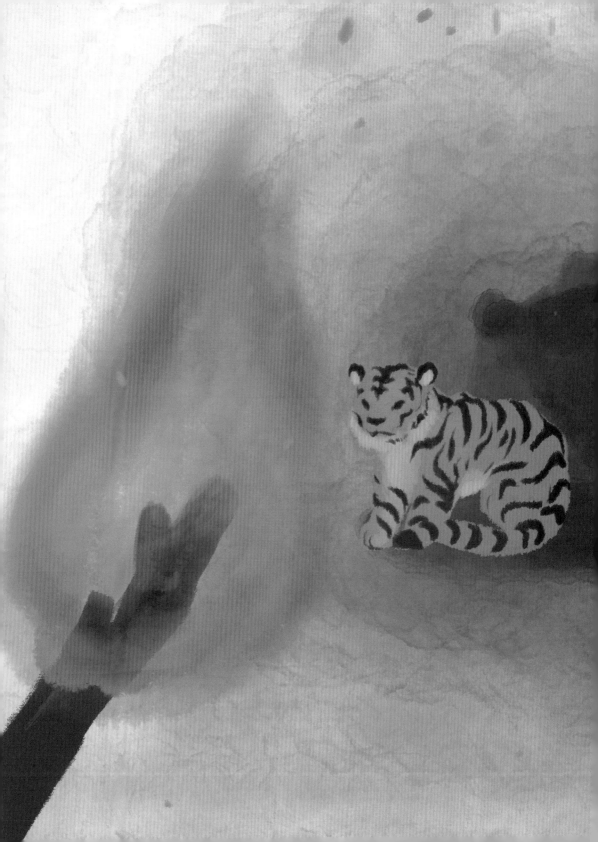

과감하게 앞서 나가는 백호를 보자 용기가 생겼다.

동굴 안은 어두웠다. 햇불을 들고 조심조심 안으로 들어가자 백호의 두 눈에서 노란빛이 뿜어져 나왔다. 해주가 조금 뒤처지면 백호가 기다려주었다. 가다 보니 여러 갈래의 길이 나타났다. 백호가 없다면 길을 잃을게 분명했다.

물기에 젖은 땅이 질척거렸다. 그때 백호가 가르릉 소리를 냈다.

"해주야."

갑자기 할아버지 목소리가 들려왔다.

"귀여운 손녀. 어서 이리 온. 할아버지가 마중 나왔단다. 그동안 얼마나 널 찾아다녔는지……."

"할아버지!"

해주가 햇불을 비추며 달려가려고 하자 백호가 옷자락을 물고 늘어졌다.

"뭐 하고 있니? 이리 와서 나랑 함께 가자."

잠시 숨을 고른 해주가 어둠을 향해 목소리를 높였다.

"너 안 무서워. 그렇게 목소리로 사람 홀리는 짓 따위 하지 마."

그러자 물 떨어지는 소리 말고는 아무 소리도 들리지 않았다.

"이러는 이유가 뭐야? 왜 사람들을 괴롭히지? 사랑하는 사람의 목소리를 흉내 내어 괴롭히는 것은 정말 비겁한 짓이야. 큰 벌을 받을 거야. 정말이야."

해주는 그렇게도 보고 싶은 할아버지의 목소리로 자신을 유혹하는 요괴에게 참을 수 없을 만큼 화가 났다.

그때 동굴 속에서 그림자 하나가 천천히 다가왔다. 백호도 겁을 먹고 한 걸음 물러났다. 해주의 몸도 얼음처럼 굳어졌다.

해주가 들고 있는 횃불에 그림자의 윤곽이 드러났다. 요괴는 불을 무서워한다는 이야기를 들어서 조금은 안심이 되었다.

해주 앞에 선 것은 호랑이였다.

"넌 호랑이?"

"그래. 나도 아이들과 교감을 나누던 아람치였어. 그런데 지금은 버림받은 불쌍한 호랑이지."

"아람치였다고?"

"지난 전쟁 때 나는 큰 공을 세웠어. 그러나 수라산에서 상처를 입고 쓰러졌는데 내 주인은 나를 버리고 도망쳤어. 나는 적들에게 짓밟히고 칼에 찔렸지. 그러나 살았어. 죽을 운명이 아니었나 봐. 사람들은 아람치를 돌본다고 말하지만, 아니야. 사람들은 우리를 필요한 만큼 이용하고 버리지."

"그래서 목소리로 꾀어서 사람들을 해친 거야?"

"아니. 난 사람들을 해치지 않아. 목소리로 겁만 준 것뿐인데 나를 괴물이니 안개요괴니 하며 제멋대로 이름을 갖다 붙이고 무서워하더군. 나는 인간들이 떠는 모습이 재미있어서 장난친 거고."

"나는 바깥세상으로 가야 해. 길을 비켜줘."

"아니 그럴 수는 없어. 네가 내 주인이 되어줘. 나는 다시 인간과 교감하는 아람치가 되고 싶어. 지금처럼 인간들을 겁주거나 하는 일은 심심해."

"나한테는 아람치가 있어."

해주가 백호를 보고 말했다.

"알아. 하지만 나도 물러서지 않아. 나를 아람치로 받아주기 전에는 한 발자국도 움직이지 않을 거야."

"넌 참 고집스러운 호랑이구나. 그럼 나랑 같이 바깥세상으로 가. 그때도 마음이 바뀌지 않으면 너를 내 아람치로 삼을게."

"내 이름은 바라칸이야. 이젠 요괴니 뭐니 그 따위 이름 말고 바라칸이라고 불러줘."

바라칸이 거들먹거렸다.

백호와 바라칸 두 호랑이가 있어 동굴을 쉽게 빠져나올 수 있었다. 동굴을 빠져나오자 바깥공기가 콧속으로 스며들었다.

"너희 생각은 어때? 나랑 같이 마을로 갈 거야?"

두 호랑이는 서로 얼굴을 마주 보더니 고개를 끄덕였다. 해주는 혹시라도 사람들의 눈에 띌까 봐 백호를 천으로 감싸고 품속에 꼭 안았다. 바라칸에게는 숲속에 몰래 숨어서 따라오라고 단단히 일렀다.

"명심해. 이곳에는 조총이라는 쇠막대기가 있어. 그 속에서 구슬만한 공이 나오는데 그걸 맞으면 끽소리도 못 내고 죽는 거야. 그러니까 절대로 사람의 눈에 띄면 안 돼. 알겠지?"

바라칸이 알겠다는 듯 고개를 주억거렸다.

13. 새로운 시작

해주가 도착했을 때, 집은 온통 아수라장이 되어 있었다. 사당채도 텅 비어 있었다.

"할아버지!"

해주가 주저앉아 눈물을 흘리자, 백호가 혀로 닦아 주었다. 잠시 후, 뒤에서 인기척이 느껴졌다. 백호가 이빨을 드러냈다.

"아가씨!"

담로였다. 해주는 반가움에 벌떡 일어섰다.

"살아계셨군요."

"아가씨도요. 그날 늑대를 쫓아 버리고 아가씨를 찾기 위해 산을 헤 맸지요. 그동안 어디 계셨던 거예요?"

담로도 목이 메이는지 눈물을 흘렸다.

"할아버지가 말씀하신 곳에 갔었어요."

"정말 새로운 세상을 찾으셨군요."

담로가 놀라는 기색을 했다. 그러다가 백호와 바라칸을 보더니 파랗게 질려 뒷걸음질 쳤다.

"걱정하지 마세요. 둘 다 제 아람치예요."

"아람치요?"

해주는 그 간의 일을 담로에게 들려주었다.

"그런 일이 있었군요. 아가씨는 정말 대단한 분이에요."

"하지만 그것은 우리만 아는 비밀로 해야 해요."

"알고 있습니다, 아가씨."

"그런데 할아버지는 어디에 계세요?"

"지금 감옥에 계십니다. 고초가 이만저만 아니지요. 많이 쇠약해지셨어요."

"할아버지를 빨리 만나고 싶어요."

"어서 호랑이들을 감추어놓으세요. 그리고 오늘 밤은 저희 집에서 주무시고 내일 할아버지를 뵈러 가야 합니다."

담로는 할아버지가 주신 돈으로 작은 쌀가게를 열었다고 했다. 백호와 바라칸은 집에 남고, 해주는 담로의 집으로 향했다.

다음 날, 해주는 담로가 지어 준 밥을 달게 먹고, 할아버지가 갇혀 있는 감옥으로 향했다. 그런데 문지기가 감옥을 철통같이 지키고 있었다.

"걱정하지 마십시오. 그때 할아버지를 괴롭히던 순사와 면장은 다른 지역으로 발령받아 갔답니다. 아가씨에게 해를 입힐 사람은 없어요. 할아버지를 편하게 만나셔도 됩니다."

담로가 감옥을 지키는 문지기에게 슬쩍 돈을 내밀자 그가 씩 웃음을 머금으며 문을 열어 주었다. 의자에 앉아서 기다리자 곧 초췌하게 늙은 할아버지가 나타났다.

해주를 보자 할아버지의 눈빛이 떨렸다.

"그새 많이 컸구나. 네 눈빛에 기개가 보여."

"할아버지!"

해주가 할아버지의 품에 안겼다. 옆에서 돈을 받은 문지기가 모르는 척해 주는 바람에 해주는 마음껏 할아버지의 품속에서 울 수 있었다.

"나는 이제 늙었어. 우리가 하려던 일, 지키고 싶은 모든 것을 할 수 없게 되었단다. 그래서 하루도 편안한 잠을 자지 못했단다."

"할아버지, 이제 제가 할게요. 사람들에게 두려움을 이기는 방법을 알려줄 거예요. 우리가 최선을 다해 지켜야 할 것들을 말해 줄 거예요."

할아버지는 해주의 머리를 가만히 쓰다듬어 주었다.

"그새 어른이 되었구나. 어른이 다 되었어."

할아버지가 껄껄 웃었다.

담로와 밖으로 나오자 교도소 옆으로 따뜻한 바람이 불어오고 있었

다. 졸졸졸 흐르는 시냇가에는 꽃들이 활짝 피어 있었다.

'아, 저건 훈화초!'

해주가 놀라며 혼잣말을 했다.

"올해도 무궁화가 한가득 피었지요. 잊지 않고 피어 주니 얼마나 고마운지 모르겠어요."

담로가 흐뭇하게 웃었다.

그 후 해주는 담로의 집에서 열심히 태극기를 그렸다. 거사일이 얼마 남지 않아 담로도 긴장하는 눈치였다.

"아가씨, 두렵지 않으세요? 목숨을 내놓아야 할 수 있는 일입니다."

"저는 반드시 이겨낼 거예요."

사당채 밖은 바라칸이 지켰다. 밤마다 덩치 큰 괴물의 그림자에 일본군은 몰래 염탐하려다가도 겁을 집어먹고 도망쳤다. 태극기를 나눠 주는 길잡이는 백호가 맡았다. 혹시라도 사람들의 눈에 띌까 봐 천으로 옷을 만들어 입히고 모자도 씌웠다. 영락없는 강아지의 모습이었다.

백호는 위험을 감지하는 능력이 뛰어나 감시하는 눈을 잘도 피해 다녔다.

거사 당일 날, 마을에 긴장감이 돌았다. 곧 침묵을 깨고 곳곳에서 태극기를 든 사람들이 거리로 쏟아져 나와 대한 독립 만세를 외쳤다.

병사들이 총칼을 앞세워 위협했지만, 거사는 밤까지 이어졌다. 해주는 지칠 줄 모르고 목이 터져라 만세를 불렀다.

해주는 결국 또래의 여자아이들 몇 명과 함께 붙잡히고 말았다. 해주는 끌려가면서도 악을 쓰며 만세를 불렀다.

"어린 계집애가 독하군. 어서 가기나 해."

일본군이 큰 소리를 치며 어둠이 깔린 좁은 골목으로 해주를 몰아붙였다. 그때 어둠 속에서 커다란 그림자가 앞을 가로막았다.

"크르릉!"

"뭐지?"

병사들이 그림자에 총을 겨누고는 두려움에 떨었다. 그림자가 날렵하게 병사들에게로 돌진했다.

"탕!"

총성이 울렸지만, 그림자는 더 빨랐다.

"백호!"

해주가 여자아이들의 손목을 잡고 백호 뒤를 따라 뛰었다. 어느새 바라칸도 따라붙었다.

해주는 산속의 오두막으로 향했다. 만일에 대비해 담로가 만들어놓은 은신처였다.

오두막에 도착하고 나서야 해주가 길게 안도의 한숨을 쉬었다. 곧 담로 아저씨가 헐레벌떡 달려왔다.

"아가씨, 무사해서 다행입니다. 어디 다치신 데는 없나요?"

"괜찮아요. 하지만 많은 사람이 끌려갔어요."

해주가 고개를 숙였다.

"안타까운 일이지요."

"하지만 이제 시작일 뿐이에요. 우리가 자유로워질 때까지 싸울 거예요."

해주가 백호를 안고 바라칸의 목을 가만히 끌어안으며 말했다.

"누가 나 안아 준 건 처음이야. 이런 기분도 처음이고."

바리칸이 안절부절못하며 해주에게 말했다. 해주는 바라칸을 더 힘주어 안았다.

여기저기서 무시무시한 괴물을 봤다는 병사들이 나타났다. 작은 호랑이를 봤다는 사람도 있었다. 그러면서 나라 안이 어수선하니 다들 헛것을 본 것이라고 말했다. 해주는 그런 말을 들을 때마다 흐뭇하게 웃었다.